ウィッチンケア文庫　０１

あたしたちの未来はきっと

長谷川町蔵

タバブックス

目次

装画　山口智子
ブックデザイン　TAKAIYAMA inc.

あたしたちの未来はきっと

あたしの少女時代　２０１０年９月11日

　もう９月だというのに、体育館の中はあたしの体温よりも暑かった。「バレー部は室内だから楽だよね」ってよく言われる。けど、野球部の男子が熱中症で救急車を呼ぶ騒ぎが起きたせいで、今週の土曜日の校庭での部活は中止になった。だから現時点において大谷中で一番キツい部活は女子バレーボール部だ。

　顧問の金森先生が休みで自主練になったのをいいことに、サーブだけやって遊んでいる男子たちのすぐそばで、ウチら女子はノアが狂ったように投げるボールを代わる代わるレシーブさせられていた。ノア（女子バレーボール部顧問の富野先生のこと。先輩から受け継いだアダ名なので、何でそう呼ばれるか理由は知らない）は、普段からおかしいくせに暑さでさらにおかしくなっていた。

こんな何の得にもならない部活をやることを薦めたのはママだ。

「ママみたいに背が低いとコンプレックスになるわよ。あんたにそんな苦しい思いをして欲しくないの」

ママは何にも判ってない。バレーボールはもともと背が高い子がやるものだ。ママ似のあたしの身長は147・7センチで足踏みをしている。ママの言う通り、確かにこれはコンプレックスだけど、あたしが苦しい思いをしているのは部活のせいだ。

それでもこの夏の町田市の大会では、背が高いだけで動きがトロい先輩たちをフォローしようと地面に近いところを駆けずり回って相手のサーブをたくさん拾った。おかげでウチら大谷中は10年ぶりに薬師池中に勝った。3年生が受験準備で引退するので、ノアは2学期からはあたしを中心にチームを作るつもりらしい。

「あれ、お前ら練習休みじゃないの？」

男子バレーボール部のウザ山が媚びるような高い声をあげた。声の先には翔太君や大輝君、航平君たち「大谷中のF４」がいる。真ん中にいるのはもちろん拓海君だ（あたしは面と向かっては成瀬君としか呼んだことはないけど)。

ちょっとV6の岡田くんに似ている彼は、サッカー部のエースとして大活躍する一方で、カラオケもめちゃくちゃ上手い。去年の秋のお楽しみ会で、さっき名前を挙げた3人と一緒に東方神起を歌った時は、上級生を含む女子全員とその母親たちの口から溜息が漏れた。とにかく超盛り上がった。あたしのママなんかそれから1週間「あんな子があんたのボーイフレンドだったらねえ」と言い続けていたっけ。

今年のお楽しみ会ではEXILEをやるために陰で練習しているようだ。大勢いた方がEXILEっぽいという理由から、ウザ山は人数合わせでメンバーに入れてもらっていた。有頂天になったウザ山は、EXILEのよく知らないメンバー(たぶんちょっと前までJ Soul Brothersだった人だ)になりきって頭にヘンな剃り込み模様を入れたせいで、ウザさが3割方増していた。

「ちょっと見に来ようと思ってさあ……」

拓海君が笑いながら答えている。誰を見に来たんだろう? もしかして女子バレーボール新エースのあたし? ……なんてバカなことは、もう中2なのでさすがに思わない。

F4の男子はAグループの女子としか付き合わないのだ。拓海君の視線はまっすぐ体育館の壇上を向いていた。その先にはミキちゃんが立っていた。（あたしは面と向かっては真光寺さんとしか呼んだことはないけど）ミキちゃんは可愛い子揃いのAグループでもとびっきりの美少女だった。マルキューの前で何度もスカウトされたことがあるらしい。でも弁護士のお母さんがうるさいらしくて、読モの仕事とかはやっていなかった。その分、ミキちゃんはお楽しみ会に命をかけていた。去年、青山テルマの「そばにいるね」をピアノで弾き語りしたときの彼女は超カッコよくて、あたしもウルウルしてしまった。今年は何をやるんだろう？

でもミキちゃんのカッコを見たら何をやるのかすぐに分かった。すると耳の中から何だかゾワゾワした音が鳴り出した。いつの間にか壇上にはミキちゃんを中心にAグループの女子が勢ぞろいしていた。

鶴川駅前でTBSの社員に佐々木希と間違えられた伝説を持つ彩ちゃん、ハナチューにたまに載っている佳奈ちゃん、演劇部員でこの中ではウチらに唯一話しかけてくれる真由ちゃん、読書家でめちゃくちゃ物知りな美咲ちゃん、お父さんがドイツ人であまりに色が白いことから男子から〝トワイライト〟と呼ばれている楓《かえで》ちゃん、双子のナナとハチ（本当は茜と葵っていう）こと根岸姉妹、そして拓海君の妹の七海ちゃんからなるAグループ全員が、ミキちゃんと同じSLYのTシャツに体育用のショートパンツを合わせていた。少女時代だ！　Aグループは少女時代をやるんだ！

拓海君たちF4、そして噂を聞いて駆けつけてきた大勢の男子たちは、大谷中と胸に書かれているTシャツ以外はさして変わらないカッコをしているウチらをスルーして、壇に向かってワイワイと押し寄せていった。ウザ山がついていこうとしたので「練習!!」って注意したけど「うるせーんだよ、チビブスは」って言い返された。

チームメイトの萌が近づいてきて、興奮した口調で話しかけてきた。

「Aグループ、少女時代の『Genie』歌うんだ、なにこの先取感！　超ヤバくない？　お楽しみ会、ちょー楽しみ！」

あたしは三つの理由でイラっときた。ひとつ。萌はあたしよりずっと可愛い（そう言っても、あの子は「うん、菜穂も可愛いよ」としか言わないけど）。先入観抜きで見たらAグループにも入れるかもしれないレベルだ。でもこのプライドのなさのせいで彼女はBグループに甘んじているのだ。ふたつ。ショウジョジダイと呼ぶな。本当はソニョシデと呼ぶのだ。そしてみっつ。全然先取りしてないよ！「Ｇｅｎｉｅ」は韓国では去年の6月に発売されているんだから。

何で知っているかというと、あたしは発売されてすぐにＣＤを買ったからだ。ママの気まぐれのおかげだ。

「友達からすごい韓流ショップが新大久保にあるって聞いたんだけど、ひとりじゃ怖くて行けない。あんたボディガードについてきなさい」

１５０センチもない女子がどうやったらボディガードの役に立つのだろうと思ったけど、とにかく母娘ふたりで小田急と山手線を乗り継いでＫＯＲＥＡ ＰＬＡＺＡというお店に行った。そこであたしは少女時代と出会ったのだ。

全員がとてもきれい。脚なんかあたしのウエストの位置から伸びているみたいに長い。何より表情が自信満々なのがすごく良かった。ＣＤジャケットの中で並んでポーズを決める彼女たちは日本のアイドルよりも、子どもの頃に見ていた戦隊もののヒーローに似ていた。まるで敵との戦いに勝ったあとのハリケンジャーだ。ママがシン・スンフンの

ＣＤを求めて店の奥に姿を消すのを見届けて、あたしは「Ｇｅｎｉｅ」を素早くレジに運んでいった。

以来、あたしは彼女たちの密かな、でも熱狂的なファンになった。ＹｏｕＴｕｂｅを見て振り付けを完璧にマスターすると、それだけじゃ物足りなくなって今度はひとりでＫＯＲＥＡ ＰＬＡＺＡまで行ってライブＤＶＤを買った。今では「Ｇｅｎｉｅ」の振り付けなんて目をつぶっていてもできる。あたしほど少女時代を上手く踊れる子はいないはずだ。少なくともこの大谷中では。でもＡグループは日本で発売されたばかりの曲の振り付けをどうやってマスターしたのだろう？

壇のすぐ下にポツンと立っている、ＳＬＹのＴシャツに制服のスカートの女の子が、同じＣグループの裕子だって判明した時、あたしはすべてを理解した。あたしがコピーしてあげたＤＶＤを、裕子はＡグループに横流ししたんだ。ホント、許せない。あの子はあたしを裏切るようなことをしてＡグループに仲間入りできるとでも思ったんだろうか？　でも裕子はメンバーには入れてもらえず、壇上にすらあげてもらえなかった。Ａグループの冷静な判断をさすがと思いながら、同時にゾッとした。もし裕子じゃなくてあたしがＤＶＤを渡したとしても、壇の下で晒しものになっていただろうから。

「みんな、裕子からもらったＤＶＤ見て練習したよね？」

ミキちゃんがトレードマークの赤い手帳を片手に、鋭い声をあげた。

「まず曲無しでステップだけ合わせるからね」

「えーっ、早く歌いたいよぉ」

彩ちゃんが口をはさんだけどミキちゃんはその提案をはね除けた。

「まずは動きに集中。曲はそれから！」

「ワンツー！　ワンツー！」

横一列に並んだ9人が、掛け声をかけながら踊り始めた。1年間ずっと踊っていたあたしより上手いわけなんかない……そんな自信はすぐに吹き飛んでしまった。Ａグループは町田の少女時代だ。とてもきれい。脚が長くて自信満々だ。体育館の熱気のせいでＡグループの体から何かが湧き出て彼女たちをキラキラと輝かせた。それはたぶんあたしが体からダラダラ流している汗とは全然別のものなんだろう。その姿を見た男子たちは、照れたのか「セクシー！」とかバカな掛け声をかけ始めた。彼女たちは戦いに勝った。そしてあたしは負けたんだ。

Aグループの掛け声が止まった瞬間、こめかみに凄い音が聞こえたかと思うと、あたしは横にふっ飛ばされた。ノアが、よそ見していたあたしに怒ってボールを投げつけたのだ。

「そこ!! 何やってんの?」

体育館中に爆笑が起こった。そこにいた全員が笑っていた。ミキちゃんだけがこわばった顔をしていたけど。ノアは怒るとおネエ言葉になるので、よくウチらの笑いものになっていたけど、この場合、笑われているのは明らかにあたしの方だ。このまんま死んでしまいたい。体育館の床の上であたしはそのままのカッコで小さくなって横たわっていた。でもミキちゃんの言葉を聞いたら気が変わった。

「じゃあ、曲流すから歌いながらやろっ」

男子たちはオオーッと歓声をあげた。このままこんなところにいたら惨めさで本当に死んでしまう。あたしはヨロヨロと立ち上がりノアのところに歩み寄った。

「先生、すいませんでした。ちょっと外でランニングしてきます」

ノアは慌てたような、申しわけないような顔でこう言った。

「おい、いま外なんか走ったら倒れるぞ」

「いいんです、ちょっと走ってきます」

あたしは外に逃げ出した。校庭は体育館の中よりさらに暑くて、陽の光が地面に照り返してすべてが白く見えた。あたしは耳の中からドロっとしたものが流れ出すのを感じながら、それでも校庭を走った。黙って走った。体育館の中から「Ｇｅｎｉｅ」のイントロが聴こえてくる。この1年間の練習の成果なのか、ランニングのテンポがいつのまにかリズムに合ってきてダンスのようになってしまうのが悲しかった。町田の少女時代が、コーラス部分を歌い出した。

そうよ この地球《ほし》は思い通り
二人なら望み通り 未来さえもお見通し
叶えてあげる

走りながら、よろけながら、踊りながら、ぼんやりこう思った。あたしの未来はきっと、彼女たちのそれとは全然違うものになるだろうって。

やがて歌声は聞こえなくなり、代わりに高いところから何かが落ちるような音が聞こえたのを最後に、あたしの世界は真っ白になった。

プリンス&ノイズ　２０１４年１月27日

ちょっと前に起きた話をしよう。

その頃もみんなは「マルキューもルミネもあるし渋谷なんていらなくね?」とか言っていた。でも町田はしょせん町田だ。

ハンバーガーみたいに丸い形をしたマクドナルド。そこが町田の目抜き通り、パークアベニューのスタート地点なのだけど、その向かいがいきなり「激安ジーンズの店マルカワ」って時点で渋谷の公園通りとは大違いだ。その横に並んでいるのは、雨でもおかまいなしに甘夏やバナナを露天販売している果物屋「百果園」。さらに横にあるのが「靴のダイワ」だ。

「珈琲プリンス」は、そのダイワが入っている古いビルの2階にある喫茶店だ。大昔からある店だけど、今年の1月最後の月曜日まで、ぼくは行ったことがなかった。窓には重たそうなカーテンが下ろされていて店の様子はまったく分からなかったし、赤い色をした歪んだ階段を上って2階に上がったら最後、戻ってこれないように感じていたからだ。それなのに行くことになったのは、ブリューゲル楓《かえで》に呼びつけられたからだ。

その半年くらい前、Facebookのアカウントを作った。ナベちゃんのカノジョになった佐々木さんの思いつきで、ぼくもカノジョを作れるように奇跡の1枚を撮ろうという話になって、何枚も写真を撮られた。案の定、奇跡は起こらなかったのでLINEではなくFacebookに新しく入って写真を載せることで勘弁してもらったのだ。すると、正月明け頃突然ブリューゲルさんから放課後に会いたい、プリンスで待ち合わせしようというメッセージが届いた。

名前の通りドイツ人の父親を持つブリューゲルさんは、大谷中で2年の時同じクラスだった。その歳のわりに「可愛い」という雰囲気が全然なかった彼女は、学校の中でも異彩を放っていた。髪は恐ろしいほど真っ黒で、対照的に肌はとても白かった。みんなは影でヴァンパイアとかトワイライトとか呼んでいたけど、本当はその美しさに怖じ気づいていたんだと思う。その証拠に彼女はかなりの巨乳だったのに誰もそのことを指摘しなかった。

ぼくは密かにブリューゲルさんのファンだった。見た目はもちろんだけど頭の回転の早さに参っていた。昼休みにすぐ隣の席で彼女が低い声で「アメトーーク」や「Mステ」の出演者たちを論評する様は、本当に情け容赦がなくて面白かった。時には「あんたは分かってるよね?」という表情でぼくに聞こえるように喋ってくれた。あの頃みんなは「有吉は過激で最高」と口々に賞賛していたけど、そのたびぼくは「いや、ブリューゲル楓の方が最高だろう」と心の中で反論していた。

彼女は、Aグループと呼ばれる可愛い子だけが入れるグループのメンバーでもあった。中2のお楽しみ会で彼女たちが披露するはずだった少女時代の「Genie」の見事さは、3年たった今でも話題にのぼるほどだ。あるショッキングな事件が起きたせいで、1回きりのリハーサルでしか見れなかったのは本当に残念だ。翌年Aグループの一部が「MR. TAXI」を歌ったけど、メンバーにブリューゲルさんはいなかった。その頃にはもう彼女は滅多に学校に来なくなっていた。高校生と付き合い始めたのが原因らしい。中3の時はクラスが違ったので、彼女が卒業式に来たかどうかも記憶にない。

町田には、5つの都立高校があるけど、制服の色でどこだか簡単に見分けられる。一番レベルが高い中町高校はくっきりした濃い紺のブレザー。紺色はつくし野、高ヶ坂、小山田と学校のランクが下がるごとにくすんでいき、最下位の西相原《ニシアイ》高校になると灰色と緑を混ぜたような色になる。成績が急降下したブリューゲルさんは、その微妙な色の制服を着る羽目になった。噂の相手もそこに通っていたので、彼女の狙い通りだったのかもしれないけど。

一方、一貫してひどい成績だったぼくは、唯一の友達のナベちゃんが受験するという理由だけで、先生が止めるのも聞かずにランク3位の高ヶ坂高校に挑戦した。奇跡が起こり、今はまあまあ青いブレザーを着ている。でも試験のヤマがあたっただけなので授業には全然ついていけなかった。2年の夏休みの頃にはすっかり世を儚んでいた。

「チビでデブで目が悪い。前世で俺は何かしたのか?」

「年金制度は完全崩壊。俺たちは60歳になったら自殺するしかない」

「さっき出た鼻血が止まらない。もしかして放射能汚染のせい?」

「俺がいなくても地球は回る。ガリレオが言った通りだ」

Facebookの書き込みは今考えると恥ずかしい呪詛だらけだった。ナベちゃんも最初は励ましのレスを書いてくれたけど、やがて「いいね!」をするだけになり、そして無反応になった。そんなところにブリューゲルさんからフレンド申請が届いた。彼女とふたりで会話らしいものを交わしたのは1回きりだったのに。

「『アメトーーク』ってもう終わってるよな」

「そのことが分っているのはこの教室ではウチらだけだよ」

あの時は、自分の足が地面からちょっと浮き上がった気がした。

歪んだ赤い階段を昇っていくと、「三浦しをん様の推薦で珈琲プリンスがTBSテレビで紹介され放映されました」という張り紙と映画「まほろ駅前多田便利軒」のポスターがピンク色の壁にぞんざいに貼ってあるのが見えてきた。緊張しながらぼくは、白いドアを押して店内に足を踏み入れた。

珈琲プリンスは魔界だった。ぼくを出迎えてくれたのは、壁に立てかけられた中世ヨーロッパの甲冑。天井にはステンドグラスがびっしりはめ込まれていた。座席の間には観葉植物が鬱蒼と茂っているため、客がいるのかいないのかすら分からない。床のところどころからギリシアの神殿みたいな柱がそびえ立ち、その上にはヒョウの剝製やガラス細工の巨大な白鳥が飾られていた。ふと誰かに見られていると感じて振り向くと、トナカイの剝製の首がこちらを睨んでいた。

「滝口、そっちじゃないよ」

声がする方角を見ると、ブリューゲル楓がゆっくり手を振っている。2年ぶりというのに、土日明けに会ったような感慨のない表情をしていた。彼女はみんなから忌まれている例の灰色緑の制服を着ていたけど、観葉植物だらけの店内にはマッチしていて、シックにすら見えた。彼女のテーブルにはすでに飲みかけのブラックコーヒーが置いてあった。

「ここってスタバより安いくらいだから安心しなよ」

450円のコーヒーを注文すると、黒いタキシードに身を包んだウェイターがその価格に見合わない恭しい態度でそれを持ってきた。ぼくは子どもっぽいと思いながらもそれに角砂糖をふたつとミルクを注いだ。

「ここ超ウケるでしょ？　放課後いつも寄っちゃうんだよね」

平静を装うブリューゲルさんの魂胆は、彼女のＦａｃｅｂｏｏｋの「友達」にＡグループの元メンバーが誰もいなかったことで分かっていた。彼女は現在まとめ役になっている田中真由と同じ高校に通うぼくから、疎遠になった元仲間について聞き出したいのだ。

「あいつなら今頃、すぐそばのマルキューのデニーズで騒いでいるだろうから、そっちに行きなよ」

そう言うのが正解だってことを知りながらも、ぼくは親しくもないＡグループの近況を話し始めた。田中真由が高ヶ坂高校では女王様状態であること、つくし野高校に行った伊東佳奈がアニメ研に入ったことが原因でＤグループくらいに落ちてしまったこと、小山田高校に行った根岸姉妹が成瀬拓海を巡って険悪なムードになったらしいこと、名門私立の京南高校に合格した鶴間美咲が遊びまくっていること、そのほか諸々。

ブリューゲルさんは微笑みを浮かべながら静かに聞いているだけだった。ぼくが知っている限りのことを全部話し終えてしまい、つけあわせの塩辛いプレッツェルまで平らげてしまうと、彼女はようやく口を開いた。

「ありがとう。そんなに聞きたかった話じゃないけどね」

そう言って全然違う話を始めた。

「富澤商店って知ってる？」

「いろんな駅ビルで見かけるやつ？」

「この裏の通りにもあるけど、あれが本店で、今はお洒落だけど昔はただの乾物屋だったんだって。叔母さんの話だと生まれるずっと前から富澤商店とプリンスはあったけど、プリンスの方がずっとイケてるって言われてたみたい」

「そうなんだ」

「並行宇宙って知ってる？　宇宙には可能性の数だけ違う世界がほかにあるらしいよ。もしかしたら今でも富澤商店が乾物屋で、プリンスの方がイケてる世界があるのかも」

「それはヤバいな」

「あたしはそっちの宇宙に住みたいんだよね」

何故だかブリューゲルさんが、珈琲プリンスと自分の境遇を重ね合わせて話しているように思えてきた。どう返していいか分からずに仕方なくテーブルの脇のサソリの剝製を見ていると、彼女はぼくをじっと見てぽつりと言った。

「君はいつか幸せになれるよ」

そして彼女は「ここでもう少し本を読んでいくから」と言うと、暗にここから去るように合図をし、表紙に女の子たちが描かれたくたびれた古本を読み始めた。本の題名は今でも覚えている。「ミューズのための護身術」。ぼくは黙って立ち去った。レジカウンターから見えた彼女は、グリーンの空間に顔だけ白く浮き上がっているように見えた。

階段を下りたぼくは、信号を渡って町田ジョルナの中に入っていった。ジョルナはギャル向けの服を売っている町田ローカルのファッションビルだけど、なぜか場違いな雰囲気の「ノイズ」という喫茶店が4階に入っていて、放課後よくそこに通っていた。

「どうだった？　ていうか、ちょっと早すぎない？　ダメだったかあ……」

店内の奥のソファーに座っていた佐々木さんが、残念そうな声をあげた。今日ブリューゲルさんと会うことを知った彼女は、事後報告を聞きたさにここで待ち構えていたのだ。付き添いで来ていたナベちゃんが、めんたいこチーズトーストを頰張りながら口を挟んだ。

「萌はAグループのファンだったからなあ」

「そうだよ、だから楓ちゃんとタッキーを付き合わせて革命を起こしたかったんだよ」

「革命は起きたんだよ。トワイライトはニシアイじゃん。俺らは勝ち組なんだよ」

ナベちゃんは自信ありげにそう言ったけど、放課後にマルキュージャなくてジョルナにいる時点で勝ち組じゃない。しかも僕らが座っている黒いレザーのソファーは、破れたところに黒いビニールテープが貼られている。

それでもノイズはお気に入りの店だった。壁に飾られたアナログ・レコードのジャケット・デザインがいちいち格好良かったし、何と言っても、町田のほかの店では絶対に流れないようなジャズやフュージョンを聴ける。

ナベちゃんが言う。

「奴らには、こういう難しめの店に来るタキちゃんのセンスなんて一生理解できないわけよ」

「でもあたしはこの店気に入ったよ、ジャンプ読めるし」

佐々木さんが言う通り、ノイズにはジャズ雑誌だけでなく何故か少年ジャンプのバックナンバーも置いてあった。そのことが店の完璧さを著しく損なっている気がしたけど、そうでもしないとこの街では営業が成り立たないのだろう。町田はしょせん町田だ。ぼくはため息をついた。

それから1週間ほど経ったころ、顔を真っ赤にした佐々木さんが、ブリューゲル楓についての情報を教えてくれた。彼女は昨年末、例の男に別れ話を切り出したところ刺されて入院し、そのまま高校を中退していたというのだ。Aグループの誰も連絡が取れず、ドイツに引っ越した説や死亡説が飛び交っているという。Facebookを見ると、彼女のアカウントは消されていた。ぼくは珈琲プリンスに行ってみることにした。

その日の夕方は雪がちらついていた。百果園のメロンに白いトッピングが積もっていく様子を横目で見ながら、例の歪んだ赤い階段を上ろうとしたら、階段脇の茶色いタイルの壁に、ガムテープで張り紙が貼られているのに目が留まった。

開店以来五十五年間、ご愛顧いただき誠に有り難う御座いました。日頃からの格別のお引き立てを賜り厚く御礼申し上げます。

この度、二〇一四年一月二十五日をもちまして閉店させて頂きます。

長い間ご愛顧いただき誠にありがとうございました。

珈琲プリンス店主

ぼくは、そのまま信号を渡って町田ジョルナの4階に上がり、ノイズでコーヒーを注文した。今回は砂糖もミルクも入れずに飲んだ。

すると聴いたこともないような不思議な感じの曲が流れてきた。店の人に尋ねたら、リターン・トゥ・フォーエバーの「ソーサレス」という曲だという。

しばらくの間、目をつむりその曲に聴き入っていた。すると身体が何だかふわっと浮き上がっていく気がした。

あの時の感覚だ。

サードウェイブ　2015年1月19日

　木曜日は客が減り始める時間がいつもより早い。グループ客が店からどっと出ていくと、ナンバが彼らを送り出した。「ありがとうございました」。さすがに半年も働けば挨拶くらいはできるようになる。最初は本当にひどいものだった。

「アガペ学園って女子高知ってる？　俺の姪っ子がさ、せっかくそこに入ったのに病気して辞めちゃったんだわ。で、治ったのにずっと家でゴロゴロしているわけ。バイトしようにも何にもやったことがないから、マトモなところは使ってくれなくてさあ。姉貴も困りはてちゃってなんとかしてくれないかって言ってきたんだよ。だから恩田くん、しばらく週3くらいで雇ってあげてよ」

「ウチの客入りを知ってますよね？　ひとりで全然余裕です。それにそんなペースで入られたら5万とか6万とか払わなきゃいけないじゃないすか」

「うーん、じゃあその間、賃料を3万下げるからさ！」

無理やりバイトに押しつけられた、店の大家の姪にあたるナンバは、格安価格で取引されるに相応しい子どもに見えた。身長は俺より2～3センチ高いので、175～6センチはあるだろうか。横幅もそれなりにある。なのに覇気というものがまったくない。声も小さい。えんじ色のパーカーは毎日着ているせいか、ポケットの端が擦り切れている。目深に被った黄色いニットキャップと太縁のメガネのせいで、ただでさえ無表情な目元がよく見えなかったし、アゴが盛大にしゃくれていた。居酒屋時代にバイトの面接に来たら真っ先に落としていたタイプだ。

居酒屋チェーンで働いていた頃の俺は、初対面の相手に自分の職業を言うといつも驚かれた。眠たそうな目がその手の快活な感じとはほど遠かったからかもしれない。そういう意味では今は納得してもらえるはず。ワインバーのマスターだからだ。

自分の名を冠したその店は、なんとか人がすれちがえる通りに30以上の店が並ぶ闇市のようなアーケード街、仲見世商店街の中にある。

退職金が出る10年目までいやいや働いていた居酒屋チェーンを辞めて、さてどうしようかと考えていた頃、町田で居抜き物件が出回っていることを知った。カバン屋「丸錠」の横。3坪半で13万円。安いワインをグラス売りして適当な料理を出せばなんとかやっていけるだろう。

店を開いたのは2014年のゴールデンウィーク明けのことだ。斜め向かいのスペイン・バル「Viva La Vida」に比べると集客は寂しいものだったけど、毎日が穏やかで気楽だった。7月にやってきたナンバが勝手なことをしでかすまでは。

最初のころ、ナンバは店で何もすることがなかった。料理はやったことがないというし、食器洗いもいい加減。そもそもひとりで回せる店なので、わざわざ命令することがない。肘がぶつかるくらいの距離に夕方から真夜中まで一緒にいるわりには、俺も彼女にあまり話しかけなかった。

前の会社を辞めた原因のひとつに、女の子のバイトに気を使うのが面倒くさくなったことがある。今も会社に残っているほかの連中とは違って、バイトとは付き合ったこともなかった。就職してからマトモに付き合った相手はふたりだけだったし、どちらも会社とは無関係だった。そこは自慢したいところだ。

無能だと思っていたナンバの、ある種の才能に気づいたのはしばらくしてからだ。バーのカウンターは、客が自由に座っていくと歯抜けのように空席ができる。あとから来たグループ客に座ってもらうには席を動いてもらう必要があるのだが、ここの客はタチが悪く、俺が居酒屋仕込みの大きな声で移動をお願いしてもなかなか動いてもらえない。でもナンバが「ちょっと動いて」と小さな声で言うと、なぜか皆言うことを聞いた。彼女の立ち振る舞いには、どこか女王然とした威圧感があった。

ナンバが焙煎機をレンジの上に置いて火を点ける。今晩はこれでちょうど10回目になる。彼女がこれを使い始めたのは働き出して2カ月くらい経った頃だ。棚を指差して、これは何なのか尋ねてきたことを覚えている。

「あー、これね。コーヒーの焙煎機。これをガスにかけながらぐるぐる手で回してコーヒー豆を炒るわけ。ウチの前にここで営業していたのが喫茶店でさ、その名残り」

「やっぱり。これでコーヒー作ろうかな」

「お前さ、駅からここまでちゃんと目を開けて歩いてきてる？ ドトール、エクセルシオール、スタバ、上島、サンマルク。全部あるんだぜ。プリンスって古い喫茶店あったろ？ あそこもなくなっちゃってオシャレなカフェに模様変えしちゃったし」

「でもこういうの流行ってるみたいっすよ」

「確かに趣味でやっているような店は使っているけどな。これでコーヒーを作ったら美味しいように思えるだろ？ でも実際は工場で焙煎した方が絶対ウマいわけ。これでコーヒーを作ってもセブンイレブンのコーヒーの足元にも及ばないって」

業界での長い経験に基づいた知識でそう説明したが、提案をなぜか却下できず俺はナンバに勝手にやらせることにした。試しに彼女が作ったコーヒーは案の定、皮の雑味が混じった渋い味にしかならなかった。値段はせいぜい150円ってところだろう。でもナンバは500円と殴り書きしたプレートをカウンターの前にぶら下げた。世間知らずはおめでたい。大体ワインバーのコーヒーを誰が飲む?

ところが他の店で飲み食いした客が、締めでうちにコーヒーを飲みにくるようになり、やがてコーヒーだけが目当ての客も来るようになった。俺が知らないうちにナンバがツイッターに店のアカウントを作って、宣伝を始めていたのだ。ツイッター上の彼女は普段とは正反対に朗らかだった。

@winebar_onda「ワインバーだけど、ウチの本当のイチオシ商品はコーヒー。サンフランシスコで修業したマスターが自ら焙煎したこだわりの味です。おためしあれ〜!」

「嘘を書くな! コーヒーを淹れているのは主にお前だろ。サンフランシスコで俺が修業したのはワインだよ。優秀店長賞の特典で研修をプレゼントされたんだ。そこでワインに目覚めたから、ワインバーを開いたんだよ！」

怒った時はもう遅かった。ナンバは客のリクエストに応じてテイクアウトの注文も取るようになっていた。小さな焙煎機は一度に200グラムくらいしか焙煎できないので、12～13杯作るとまた焙煎しなければいけない。本来なら事前に作り置きするべきところだが、ナンバは客を外で待たせておいて、生豆を15分かけて焙煎し、1杯ずつ手動式ミルで挽き、ネルフィルターでカップに注いでコーヒーを作った。

町田の外からも客が来る土曜になると、薄暗い通りいっぱいに行列があふれて、俺はほかの店から苦情を受けるようになった。そんな時もナンバは、スマホで行列を撮影してツイッターで店がいかに流行っているかを優雅に誇示するのだった。

やがてコーヒーの売り上げが、ワインと料理を足した売り上げを上回るようになった。それまでは、俺が好きな90年代ロックのCDを店で流していたのだが、ナンバは「こんなことやっているとJASRACに訴えられますよ」と脅し文句を吐いて、iPodのネットラジオでボサノヴァやジャズを流すようになった。すると、「これ、フィリピン系5人姉妹唯一のアルバムの曲じゃん。センスいいねえ」などと、音楽にうるさい客からの評判が妙にいい。ＯＬ客も目に見えて増えてきて、２カ月後にはＨａｎａｋｏに取り上げられた。

町田発のサードウェイブ・コーヒー。

ブルーボトル・コーヒーの上陸が決まって、日本でも話題のサードウェイブ・コーヒー。じつは町田にもあるのです。ポルトガル語で「波」を意味する「ｏｎｄａ」では、サンフランシスコで修業したマスターが自ら豆を焙煎。その1杯は滋味深くクリアな味わい。ケーキも美味。レトロな商店街の一角であなたもウェイブを感じてみて。

●町田市原町田　町田仲見世商店街　営：17：30〜翌1：00　月休　予約不可
MAP-B2

「ポルトガル語？　俺の名前だよ！　ケーキも美味って、居酒屋時代に取引先だった富野がくれた試供品だぜ！　手作りでやっている『Kogasaka Bake』さんに申しわけが立たないよ。これ書いた奴、舌が麻痺してるんじゃないのか！」誌面を読んで呆れていると、ナンバは珍しく声を出して笑った。

その頃になるとナンバは毎日店に来るようになっていたが、時々開店直前にメールだけ送ってきてサボる癖があった。最初は友達と遊んでいるんだろうと思っていたけど、元ひきこもりのあいつに友達なんているわけがない。

やがてある法則に気がついた。酔っぱらい客に見た目をいじられると翌日に休むのだ。最大の禁句「シャクレ」はもちろん、「背高いね」とかどちらかといえばポジティブな評価の時も彼女は休んでしまう。金曜日にいじられると翌日は大惨事だ。俺は料理のほかにテイクアウトのコーヒーまでひとりで作らなければいけなくなり、土曜日の店内は地獄と化した。

「彩ちゃんだよね？」

ブレザーを着崩した派手めの女子高生がカウンターに座ると、ナンバに大きな声で話しかけてきた。

「あたし裕子だよ、岩浪裕子。大谷中で一緒だった。覚えてるよね？」

ナンバは一瞬ぴくっと動いたものの、返事をしなかった。

「インスタにこのお店が載っていて、ヤバっ、これ彩ちゃんじゃない？　って思って会いにきたんだ。鬱病でアガペ学園辞めちゃったんだよね？　でも治ったんだ、良かったよー本当に」

ナンバが焙煎に集中するフリをしているので、仕方なく岩浪裕子は俺に話しかけてきた。

「あたしって中学時代は地味子でー」

そう言いながら鞄から取り出したふやけたプリクラ帳を俺に無理やり見せてきた。プリクラ帳には今と比べると全然垢抜けていないその子の隣に、小柄な美少女が微笑んでいた。

「これ中学時代の彩ちゃん。佐々木希すぎてヤバくないですか？　あの頃は超絶美少女で、あたしは超憧れていたんですよー」

彼女は、それから延々と喋りまくった。中学からひとりだけ進学した私立高でキャラチェンジしたこと。その際に参考にしたのは〝彩ちゃん〟であること。難関大学の推薦入試に挑戦したら合格したこと。だから昨年の秋からずっと遊んでいること。ルックスが派手だと世の中チョロいということ。そのほか諸々。ようするに裕子は現在の自分の栄光をナンバに見せつけるためにやってきたのだ。

気の毒なナンバは、コーヒーのオーダーが途絶えても会話に加わらず、憮然とした表情でスマホをいじっていた。

「ここ気にいったから、また来ようかな」

裕子が言うので、やんわりと釘をさした。

「うち一応ワインバーなんで制服で来られると困るんですよ。何かあったら説明がつかなくなっちゃうんで。そこんとこだけお願いします」

彼女は、コーヒーを飲み干すとそそくさと帰っていった。

そのあと、閉店までナンバは無言だった。

閉店後に俺がレジを締めていると、視線をスマホに送ったまま、ナンバが話しかけてきた。

「それまでちっちゃかったのに、あたし高1の夏から急に背が伸びたんすよ。1年で15センチくらい伸びたかな。そしたら何だか自分の体が自分のものじゃないように思えてきちゃって。海で波にさらわれたことってありますか？　ああいう感じ。そしたら朝起きれなくなっちゃって、気づいたら2年経ってたんすよ」

きっとその頃、急に伸びた身長と一緒に顔つきまで変わってしまったのだろう。超絶美少女からのワイプアウトだ。

「でもその間ずっとこれをいじっていたから、そっち方面ではあたしイイ仕事するんですけどね」

そう言いながら、ナンバはこちらにスマホの画面を見せた。

そこにはカウンターで大笑いする岩浪裕子の写真に添えてこう書かれていた。

@winebar_onda「ワインバー・オンダ、今夜も常連さんは飲みまくってます！！！

飲みっぷりがいい人って、見ているだけで楽しくなりますね〜！」

「さっきの子、飲んだのはコーヒーだけじゃん！」

ナンバは涼しい声で言った。

「これが広まったら、アイツの高校とか推薦先がどう動くか楽しみっすよね」

そして小さな声でひとりごとを呟くのが聞こえた。

「リベンジなんか百年早いんだよ！」

あんなことがあったので絶対休むだろうと思っていたのに、予想を裏切って、南波彩は翌日も時間通りに店にやってきた。服はいつものえんじ色のパーカーだ。でもいつもの太縁メガネではなく、リムレスフレームのメガネをかけていた。ニットキャップも被っていない。だから目元がよく見える。その瞳は中学時代から変わらない超絶美少女のそれだった。それはシャクレたアゴがもたらす欠点を補って余りあるものに見えた。その感想を彼女に伝えようとしたけど、俺は黙っていることにした。

明日は土曜日なのだから。

彼女たちのプロブレム　２０１４年９月11日

午前8時21分。あたしはどんより濁っている川沿いの道を、息を切らしながら高校へとひた走っていた。寝坊したわけじゃない。

「雪は、曲の後半になるとキレが鈍ることがあるよね」

真由さんにそう言われたことをきっかけに、学校までダッシュで登校するようにしたのだ。

チャリ通の子が次々とあたしを追い抜いていく。うちの高校は、半径3キロ以内に住んでいる生徒は徒歩通学と決められている。なのに2・7キロのとこにあるあたしン家より近いとこに住んでいながら、チャリ通している奴がいるのを知っている。そんなことチクる気はないけど。頑張りたくない奴はラクして生きりゃいいのだ。

校門をくぐり抜けると、あたしは体育館内のダンパ部のロッカー室に駆け込み、ランニング用のウェアを脱いで、デオドラントペーパーで汗を拭き、エイトフォーを体じゅうにふりかけて、ロッカーにしまっていた制服に着替えた。専用ロッカーを持っているのは高ケ坂高校でも我がダンパ部、正式名称ダンス&パフォーマンス部だけだ。ダンスと歌を練習するこのクラブは、真由さんが高1の時にゼロから作り上げたものだった。

「あの時の田中はトンデモなかったぞ。そんな部は認められないって言ったら、2週間後に生徒ほぼ全員の署名に、PTA会長の推薦文と町田市教育委員会のコメントまで添えて、職員室に殴り込んできたんだからな。こっちからしたらマジ迷惑だったよ」

クラブ設立当時の大騒動を喋る時の顧問の佐藤先生は、いつも少し楽しそうだ。高校にはどんな無茶をやっても武勇伝として語られる代と、いろんなことを真面目にやっているのに忘れられてしまう地味な代があるって聞いたことがある。真由さんたちが武勇伝組で、あたしたちは忘れられちゃうんだろうな。

今日の放課後には、その栄光の1期生からあたしたちへとダンパ部の引き継ぎ式が行われることになっていた。曲選びもルーティーンの振り付けも全部2年生だけで考えたパフォーマンスを3年生に見せなくてはいけないのだ。

授業の合間には比呂と茉美と廊下の隅に集まって、ルーティーンの最終調整をした。親友のはずのふたりは、あたしを見るなり顔を歪めてこう言った。

「雪、ちょっとクサい」

「また制服を学校に置きっぱだったんでしょ」

「glee／グリー」のリア・ミシェルに心酔している比呂は、ダンスはそこそこだけど歌がメチャクチャ上手い。茉美はすごい童顔で、おしゃべりも舌足らずなんだけど、背が高くてダンスに独特のムードがあった。そのふたりに、座右の銘が〈努力〉のあたしを加えた3人が、ダンパ部2年生の3トップだった。

実力では1期生に負けてないと思うんだけど、みんなからは「華がない、色気がない、カリスマ性がない」と言われている。その証拠に、真由さんたちが廊下で踊るとみんな近くに寄ってきたものだけど、あたしたちは遠巻きに眺められているだけだ。あたしがダンスを始めたのは真由さんみたいになりたかったからなのに。

真由さんの伝説は、小5の時まで遡る。彼女のお母さんが早くに亡くなったせいで、厚木では有名な建設会社の社長だというお父さんが、そのまま厚木で育てることに危機感を抱いたらしい。

「それで娘を洗練された環境で育てたいと思ったから、東京に引っ越したんだってさ。でもそれで何で町田なのかなあ」

真由さんのすべらない話だ。中2の時、お楽しみ会で少女時代の「Ｇｅｎｉｅ」を踊ることになったのをきっかけに彼女はヒップホップ・ダンスにハマっていった。その時はある事件が起きたせいでお楽しみ会が中止になってしまったのだけど、それがかえって真由さんのダンス愛に火をつけたらしい。3年になると彼女は所属していた演劇部の活動をダンス中心に変えてしまい、お楽しみ会でも友達と「ＭＲ．ＴＡＸＩ」を踊ってリベンジしたらしい。

その頃の真由さんの写真を見ると、可愛いけど特徴があまりない感じの子に見える。でも高校に入る時、彼女は髪をばっさり切って今のピクシーカットになった。すると、もともとの顔の小ささとアゴのシャープさが強調されて、キャラ立ちまくりの女の子に大変身を遂げたのだった。そして他中から来た未羽さんと映見さんと「神3」を結成して、ダンパ部を創部したというわけだ。

帰国子女の未羽さんは英語がペラペラで、生まれ育ったハワイの太陽のような明るい人。映見さんはいつもニコニコしているザ・女の子って感じの人で、3年生では一番人気の大輝さんと付き合っている。そんな「神3」は、あたしたちの代が入部してきた時、それぞれ自分の妹分みたいな子をつくろうという話になったらしい。未羽さんは比呂を、映見さんは茉美を、そして真由さんはなぜかあたしを選んだ。つまりあたしが2代目部長に指名されたってことだ。

「16ビートは踵で床を打ちつけるようにして！」

「手はぶんぶん振らない！　きちっと180度で止めて！」

「表情が硬いよ、もっと笑顔で。あ、でも雪の笑顔ってちょっとキショいんだよね！」

ほかのふたりは優しく教えてくれるのに、真由さんの指導はマジでキツかった。たまに弱音を吐くと、

「それ限界ってこと？　でも雪が言う限界の〈その先〉をあたしは見せてあげたいんだ

よね。きっと最高の眺めだと思うから」

と言われた。そんなことを真由さんから言われたらがんばるしかない。夏休み直前の土曜の午後なんて9時間ぶっ通しで1対1で練習させられた。

ぜんぶが終わった時、真由さんは「これでわたしの才能は雪に譲ったから」と言って、あたしをハグしてくれた。こっちが心配になるほど彼女の体が熱くて、ドキドキしたことを覚えている。

そんなわけで、真由さんとの関係は、自分的には「デキてる」と言ってもいい濃いものだったんだけど、残念ながら誰もそんな誤解はしてくれなかった。真由さんは男子と遊びまくっていることでも有名だったからだ。

「神3」は、練習後は必ずマルキューのデニーズに行っていた。そこで他校の子と情報交換したり、合コンしていたらしい。真由さんはそのまま別のパーティにひとりで行ってしまって、朝まで連絡がつかないこともしょっちゅうで、未羽さんと映見さんは呆れていた。

「この前なんか東急ツインズの前で酔っ払って『リナ子は行方不明だし、彩は引きこもりだし。わたしがその分生きまくるしかないでしょー』とか叫びだして、マジ恥ずかしかった。中学時代の友達があんまり元気ないみたい。でも真由は元気ありすぎるけどねー」

真由さんに、部活の後にやっていることにも興味があるようなことを言ってみたこともある。でもその時はピシャッとこう言われた。

「雪は、川を渡るのはまだ早いから。そっち岸で頑張りな」

真由さんはエッチすることをよく「川を渡る」と表現していた。町田駅の繁華街の反対側の、境川を渡った相模原市側にラブホが集中しているのが理由らしい。話の中に、WITHとかミンクとかラブホの具体名がよく飛び出した。でもそういう会話を小耳に挟んでも、あたしには実感がわかなくて、ブロードウェイの劇場の名前のようにしか響かなかった。

「見ず知らずの相手にクスリを盛られてラブホでマッパのまま死にかけた」という真由さんの危険な伝説は校内の女子なら誰でも知っているけど、あたしはその手の話に疎いので、漆黒の夜空に真由さんの白い裸が浮かびあがる芸術的な映像しか思い浮かべられないのだった。

　でもそういう噂が飛べば飛ぶほど真由さんはどんどんきれいになっていくみたいだった。あたしなんか清い体にもかかわらず、日に日に全身が腐っていくような感覚に悩まされているのに。

「処女が本当の意味でトゥワークを踊れるのか」について、比呂と茉美と激論を交わしたことがある。その時はせめてエッチな動画で学習しようということになったんだけど見るなりあたしは吐きそうになり、比呂は「一生サイド・ステップを踊ってるだけでいい」と泣き出し、茉美は「そもそもあたしたち、こういう事に向いてないんじゃないかな」と虚空を見上げて学習会は中断されたのだった。

　そんなヘタレなあたしたちが、ダンパ部を引き継ぐ。放課後、ランニングウェアに着替え直したあたしは、1、2年生総勢23人を体育館のステージ上に集合させた。向こう側で男子バレーボール部が練習しているのが見える。

　真由さんたちは予定より15分遅れでやってきた。横には例によって寺山先輩がぴったり張りついていた。春からずっとだ。あたしは寺山先輩のことを三つの理由で憎んでいた。

　ひとつ。先輩はあたしより家が学校に近いのにチャリ通をしている。

　ふたつ。3月に屈辱の「ヘビーローテーション」を踊らされた。真由さんはダンパ部設立の際に寺山先輩に男子の署名取りまとめを頼んだ。その見返りに先輩は、自分が所属するバスケ部のホームゲームのハーフタイムで、必ず応援パフォーマンスをやるという条件を真由さんに受け入れさせていた。それ自体は別にいいんだけど、3月の試合では選曲にまで口を挟んだ。ビヨンセの「シングル・レディース」を踊るはずが、先輩のリクエストでAKB48「ヘビーローテーション」とのメドレーに変えられてしまったのだ。確かに大ウケだったけど、あんな恥ずかしいことは二度としたくない。

　みっつ。真由さんのオトコ好きは、中学時代の彼氏である先輩が浮気をしたことがきっかけだという噂だ。

　それなのに春頃から、寺山先輩は真由さんにまたつきまとうようになった。比呂は、「真面目に付き合いたいんだよねー」「誠意を見せな！」などと廊下で真剣な顔で話し合っている先輩と真由さんを見たという。だからあの人は真由さんの部活にまでついてきているのだろう。真由さんがあんなヘラヘラした感じの人と元サヤになっちゃうのかなと思うと、本気で腹だたしい。

でも真由さんの前に、自分たちのパフォーマンスを心配するのが先だ。最高のルーティーンを3年生に見せることが何よりの恩返しだもの。

あたしたちが選んだ曲は、アリアナ・グランデとイギー・アゼリアの「プロブレム」だった。

「じゃあ、はじめまーす」

あたしが言うと、ビートが打ち鳴らされ始めた。

比呂が歌い始めた。いつも以上に声が伸びている。ここ2週間みんなで練習してきただけあって、ストップ&ゴーもウィッチウェイもバッチリだ。茉美の披露したボーンブレイキングの技は3年生たちをビックリさせた。このままやればイケる。次はあたしのソロ・パートだ。

でもそう思った瞬間、突然あたしの目の前は真っ白になり、次の瞬間床に叩きつけられていた。目の前にバレーボールが転がっているのが見える。どうやら男子バレーボール部のサーブの流れ球が頭に当たって、ステージから落ちてしまったらしい。

朦朧としている中、真由さんがこれまで聞いたことがなかった調子で怒っているのが聞こえた。

「テメエら、ざけんなよ。萌から話、聞いてなかった？　大谷中は4年前にこれでひとり死んでるんだからね！」

その話、聞いたことがある。たぶん真由さんが「Ｇｅｎｉｅ」を踊れなかった原因のことだ。

ぼーっとしていると突然、飛び上がりたくなるほどの痛さが足に走った。

「ああ、たぶん捻挫してるだけだな」

気がつくと、寺山先輩が獣医のようにあたしの足をひょいと手でつかんでまさぐっていた。ひどい。

真由さんが心配そうな顔をして、あたしのことを覗き込んだ。

「翔太に保健室に連れていってもらって」

先輩は真由さんに何かを言いたそうだったけど、真由さんは黙ってオッケーサインを出しただけだった。

その日は、寺山先輩に自転車で家まで送ってもらった。後ろに乗るなり言われた。

「お前、ちょっとクサいんだけど」

最低だ。それっきりで終わるかと思ったら、先輩はなぜか翌朝も家まで迎えに来てくれた。そしてそれは捻挫が治っても続いたのだった。


茉美によると、あたしは寺山先輩のことがずっと好きだったらしい。でも真由さんを尊敬するあまり、嫌いだと自己暗示をかけていたのだという。

「だってバスケ部の試合の時に先輩を見るあんたの目、発情してたもん」

比呂が未羽さんから聞いた話によると、浮気をしたのは真由さんの方で、クスリで死にかけた真由さんをラブホから助け出したのも寺山先輩らしい。

「先輩がアンタのことを好きになったきっかけって聞いた？『ヘビーローテーション』を踊ってた時なんだって。『シングル・レディース』ではめっちゃセクシーに踊っていたくせに、急に恥ずかしがり出したんで、その落差に萌えたんだってさ」

寺山先輩は、真由さんにあたしと付き合う了承を取ろうとしたら、こう言われたという。

「あたしの妹分なんだからね。そうだな、あたしがオッケー出すまで毎日練習を見に来てくれる？　誠意を見せな！」

結局、あたし以外の全員が最高にイイ人だったってオチみたい。

最近、3年生はみんな受験や就職の準備で忙しそうだ。それでも寺山先輩は練習が終わる時間になると、偶然通りかかったかのように現れて「おう、帰るか？」と言う。すると比呂と茉美は生ぬるい笑顔を浮かべながら、あたしを送り出してくれる。でも先輩に見えない角度でピストン運動とかフェラの動きを私に見せるのだけはホント勘弁してほしい。あいつら、いつか絶対ぶっ殺す。

あたしが後ろに座ったことを見届けると、先輩は自転車を漕ぎ始める。その瞬間、あたしは、きっと真由さんが言う「キショい笑顔」を浮かべているのだろう。

薄暗い空の下、川沿いの道路を走りながら、あたしはふと考える。自分もいつか川を渡るんだろうか。それは先輩となのかな。まあ、いいや、今は川沿いを走っていられれば、それでいい。勝手に結論づけると、あたしは風を感じることに集中するため、目を閉じた。

New You　2013年7月28日

　真夜中の鶴川街道は静まりかえっていた。道端に溜まった昨晩の雨が、道路の灯りを照らし返して、その辺りだけがぼぉっと明るい。交差点に掲げられている「ホテル野猿」の看板が浮かび上がって見える。

　ギターアンプとドラムセットと紙袋の山に埋もれるようにして、後部座席に座っている彼女の顔がこわばっているのがバックミラーでわかる。まだ疑われている。カーステレオから流れるケンドリック・ラマーの「スウィミング・プールス（ドランク）」が、その疑いを増幅しているかのようだ。すべては助手席で寝落ちしている有田、そして真麻が悪い。

話は前日の夕方に遡る。この日、バイトの長いシフトを終えた僕は、富ヶ谷にある有田の部屋に行き、入場料が高すぎる、とてもじゃないけどホテル代まで出せないなどと、フジロックフェスティバルに行けなかった不運を呪っていた。すると奴が「リアル・フジロックフェスティバル」を開こうと言い出した。

「そもそもビートルズ以降、ロックは録音芸術なんだよ。ライブはその再現にしかすぎない。フェイクだ。おまけにフジロックの会場からは富士山が見えないじゃないか」

僕らは「リアル・フジロックフェスティバル」の計画を立てはじめた。今年のフジロックに参加したアーティストのCDをAIFF音源でiPodに移して、有田のワゴンRのカーステから爆音で鳴らしながら御殿場インターに行き、朝日に包まれた富士山を拝むのだ。

しかし容量が大きい非圧縮音源のコピーは一向に進まず、そうこうしているうちにテレビでは隅田川花火大会が始まってしまった。大雨に打たれながら決死のレポートをする高橋真麻に腹を抱えて笑い転げるうち、無性にビールが飲みたくなってしまい、アルコールが体から抜けるのを待って富ヶ谷を出発する頃にはすでに午前2時を過ぎていた。

場所でいうと道玄坂上の交差点あたり、曲でいうとキュアーの「ジャスト・ライク・ヘヴン」が流れていた時、有田が叫んだ。「じぇじぇじぇ！　誰か倒れているぞ」

歩道には全身ピンクの服を着た女子がうつ伏せで寝っ転がっていた。その服の上を長い髪がぐにゃぐにゃとのたうち回っている。車を路肩に寄せて、助け起こすと彼女は大きな目を見開いて言った。

「レイプカー！」

それが僕らが彼女から聞いた最初の言葉だった。

「何それ？」

「ツイッターでみんな言ってた、パーナさんを狙ってレイプカーが出回っているって」

「パーナさん？」

フジロックの実況を読むのが悔しくて、金曜から見てなかったツイッターを覗いたら事情が判った。前日の夜、秩父宮ラグビー場でジャニーズのアイドル・グループ、NEWSの屋外ライブが開かれたらしい。でも真麻をずぶ濡れにしたゲリラ豪雨のせいで、隅田川花火大会と同様にライブは中止。翌日に振替公演が行われることが決定した。

そのため地方からやってきた何万人ものＮＥＷＳのファン、通称パーナさんは夜の東京の街を彷徨う羽目になってしまったというのだ。

ツイッター上には「パーナさんを部屋に泊めてあげて」「コンビニはパーナさんにミソ汁やカラアゲを無償提供すべき」という無茶な要求、そして「パーナさんを狙ってレイプカーが都内を走り回っている」「すでに何百人ものパーナさんが何処かに連れ去られた」というデマが飛び交っていた。パニック状態のパーナさんのフィルターを通すと、確かに有田の黒のワゴンRはレイプカーそのものに見えた。

たったひとりでライブを見に上京してきた高校2年生のパーナ（もちろん本名も聞いたけど、この話とは関係ないので、以下もパーナで通す）は、親に「会場で仲良くなった人の家に泊まれることになった」と電話では告げていたが、実際にはそんな友達もなく、冷えきった体を引きずりながら２４６沿いを歩いて渋谷に向かったそうだ。だがお洒落な街並みに緊張しているうちに渋谷を通り過ぎてしまい、面倒臭くなって道玄坂上で寝てしまったという。

「なんでマックやファミレスで夜明かしするっていう発想がなかったわけ？」

呆れて僕が言うと、「グッズでお金を使っちゃったから、帰りの電車賃しかない」とパーナは澄まして答える。

非常に面倒臭いことになった。パーナに対するベストな対処法は明らかに警察に連れて行くことだ。でも僕も有田も本当にアルコールが体から抜けきっているのか自信がない。しかも僕が20歳になるのは3カ月先のことだ。善行のリスクは計り知れない。とはいえ、彼女をこの場所に置き去りにしたら本当に何処かに連れ去られてしまいそうだった。

仕方なく僕らは、パーナに「リアル・フジロックフェスティバル」の高尚なコンセプトを説明して、翌朝に必ず秩父宮ラグビー場まで送り届けることを約束し、彼女を無理やり後部座席に押し込んだのだった。とはいえ野郎ふたりが、全身がズブ濡れの小柄な少女を連れ回しているのを誰かに見られたら、それこそレイプカーとして通報されてしまうかもしれない。

この危機を乗り越えるために、僕は有田に東名にはすぐ入らずに246から上麻生線と鶴川街道を経由して一旦地元に寄ることを提案した。この時間でも絶対起きているあの女に助けてもらうためだ。僕はLINEでメッセージを送った。

「一生のお願い！　お前の着替えとバスタオルを持って久美堂の駐車場で待ってろ。3時頃着くんでよろしく」

車が街道沿いに立つ本町田の久美堂に到着すると、アニメイトの紙袋を手にさげた妹の佳奈が、憮然とした表情で待っていた。夏コミでコスプレする際のメイクの練習をしていたのだろう。顔がいつも以上に立体感があって怖い。

「家すぐそこなんだから寄ればいいじゃん」

親には到底説明できない僕らの事情を聞くと、佳奈は呆れたような声を出した。

「で、この子に無理やりロックを聴かせながら御殿場まで連れていこうってわけ？　アンタらバッカじゃないの？」

僕らは佳奈に、午前中には家に帰れると説明し、拝み倒して一緒に来てもらうことにした。これで2対2のデートにカモフラージュできる。服を着替えて濡れ雑巾状態を脱したパーナは、佳奈が同学年だと知ると次第に元気になってきた。

東名の町田インターには町田街道に入ればすぐだったけど、時間に余裕があったので繁華街を迂回してみた。土曜の夜ではあったけど、大雨のあと、しかもこの時間なので街はしんと静まり返っている。目についたのはペデストリアン・デッキの下で円陣を組んでラップを練習しているBボーイくらいのものだった。

「あ、たぶんあそこにいたの拓海くんだ。サッカー辞めて今はラップやってるって聞いたし。町田ってラップが熱いんだよね」佳奈がパーナに話しかける。パーナは「意外と都会なんだ、ここ」と感心していた。「そういえばパーナはどこから来たんだっけ？」と有田が聞くと「新潟の湯沢町。スキーで有名なところ」と答える。

「それ、フジロックの会場じゃん。フジロックの方に行けばいいのに」と僕が言うと、パーナは言った。「洋楽には興味ないし、NEWSは守っていかきゃダメなんですよ」

彼女によると、NEWSは結成当初から災難続きで、2年前には山Pと亮くんというグループの顔に脱退され、事務所から解散勧告を受けてしまったらしい。だが残された4人はグループ存続を決め、ダンサブルな「チャンカパーナ」という大ヒットシングルを放ったという。でも彼らはSMAPのような絶対的な存在ではないので、パーナさんたちが守っていかないといけないそうなのだ。僕は、イアン・カーティスを失った後に

「ブルー・マンディ」をヒットさせたニュー・オーダーのことを思い出した。

有田が茶々を入れる。「守っていかなきゃいけないのは洋楽の方だって。フェスは大盛況でもアルバムは全然売れてないいんだよ。クロスビートもサイズが小さくなっちゃったしさ」

だが僕たちのその願いは、後部座席のＪＫコンビに伝わらなかった。彼女たちは、町田インターから東名高速に入った頃には「リアル・フジロックフェスティバル」の偉大なる出演者たちの曲が流れるたび、辛辣なファースト・インプレッションを語り合うようになっていた。

曰く、「服が臭いよね、絶対」「暗ければエラいみたいに思ってない？」「食が細そう」「この人、生理が重いと思う」それぞれヨ・ラ・テンゴ、ナイン・インチ・ネイルズ、ヴァンパイア・ウィークエンド、ビョークへの評だ。

「容赦ねえな、お前ら」有田がうめいた。

ごく稀に彼女たちが気にいるアーティストもいた。佳奈にとってそれは相対性理論だった。

「アニオタが好きな感じだもんな」と僕は攻撃してみた。「中学の頃は超絶リア充だったのにな、ニコラに載ったりして」

「ハナチューだよ」と佳奈は「わざと間違えやがって」という表情をしながら答える。

「あの頃は周りがそんな感じだったから、やっていただけ。今の方がずっとリア充だよ」

パーナが尋ねた。「佳奈ちゃん可愛いもんね、芸能界とか考えなかったの?」

佳奈が答える。「中3の時、ハナチューがなくなっちゃって。その時、他の雑誌に移ってまで続けたいとは思わなかったんだよね。次の場所に進まなきゃいけないって思った。そうしたらちょうどタイバニが始まってさあ。アニメの知識ゼロだったけど、追いつくために寝ないで頑張ったんだ。で、今はこういう感じ」

少しの沈黙を置いて彼女は倍返し的な反撃を開始してきた。

「次の場所に進めないのはこの人たちだよ。大学でロック研に入ったのに、この車とかアンプを先に買っておいて、いつまでもたってもバンドを始めようとしないんだからさ」

「俺らのコンセプトに合ったヴォーカルとベースがいないと意味がないんだよ」

「もうギターとドラムだけで何かやればいいじゃん！」

「俺らはホワイト・ストライプスじゃないから！」

兄と妹で言い合っていると、車窓から見える空が次第に白くなってきた。その時、パーナが「あ、これ好き」と声をあげた。意外にもそれはマイ・ブラッディ・ヴァレンタインの曲だった。僕は少し嬉しくなってウンチクを喋りまくった。

「マイブラは今年22年ぶりにこのアルバムを出したんだよね、すごい傑作でさあ。まあ、この曲はちょっと甘すぎるけどね」

「甘いっていうより優しいんだと思うよ」

パーナは静かに真顔で言った。僕は言い返せなかった。彼らのトレードマークであるギターノイズがスピーカーからゆったりとあふれ続けている。そのノイズに包まれながら思った。彼女の方が正しい。

御殿場インターにレイプカーが到着したのは4時半過ぎだった。富士山の山頂を覆った雲がオレンジ色に染まるのを見届けてから、僕らは東京方面に戻ることにした。

この時点で「リアル・フジロックフェスティバル」は強制終了となり、帰り道の

BGMは佳奈のスマホに入っているアニソン特集になった。僕と有田は悲鳴をあげ続け、パーナはケラケラ笑っていた。海老名インターに立ち寄ってラーメンを食べてから（パーナの分は有田が、佳奈の分は僕が支払った。佳奈は味玉を追加しやがった）、東名と246を乗り継いで、僕らはパーナを人気のない秩父宮ラグビー場に送り届けた。

その後、パーナとは直接連絡を取っていないけど、LINEで繫がった佳奈から彼女の近況をたまに聞かされている。あの後パーナは、NEWSの振替ライブを大いに楽しんだそうだが、それを最後にパーナではなくなったそうだ。それどころか彼女はグッズを転売したお金でギターを買い、ブラバン部の同級生を強引に誘ってふたりだけのロックバンドを結成したらしい。

「アタシが一緒なのが条件ではあるけど、もし来年のフジロックに行くのなら、アンタと有田さんも家に泊まってもいいいってさ」

あの夏が嘘のように涼しくなったある日、佳奈はそう言ってスマホを見せてくれた。画面には黒いフェンダージャズマスターもどきを抱えた元パーナがいた。足元には

ＢＯＳＳのエフェクターがずらりと並んでいる。やがて始まった曲はビートもコードもメロメロ。でも髪を短く切った元パーナが小さな声で歌い出した時に気づいた。

Too close when it's really with me
Something comes and pins me to the sky to come

それはあの日の夜明けにカーステで聴いたマイブラの曲だった。

Str8outtaMachida あるいは玉川学園ブルース

２０１７年３月４日のインタビュー

――２０１０年９月11日以降に、あなたの人生に起こったことについて話してくれるかな。

うーん、正直言って先輩の人生とかの方がよっぽど劇的だと思うんですけど。えーとやっぱり９月11日の事件はショックでした。もちろん大谷中にいた子は全員そうだったはずですけど。

――あの時あなたはＡグループのメンバーだったもんね。しかも最年少。

中１はわたしだけだったんです。ひとつ上の兄がサッカーが上手くて人気があったから、その同級生の女の子たちに可愛がられるようになって。わたしもお姉さんたちとばっか遊んでいたんです。でもあの事件以降、グループはバラバラになっちゃって。

——おない年の友だちを新しく作らなかったの？

「年上としか遊ばない子」みたいなイメージがもうできちゃっていたんですよ。ひとりで近所のコンビニで立ち読みとかしていると、「あれ、何でセレブがこんなところにいるの」って言われる、みたいな。

——うわー。

それまでタメ年の子にはエラそうにしていたから反動もキツかったんですよね。で、面倒くさくなって学校以外は家にこもってましたね。母が持っていた松田聖子のＬＰとか聴いてました。もう完全にババアですよ。兄の方は私立高校にサッカー推薦で進学したりして、相変わらずイケイケだったんですけど、１年の秋に大怪我して部活を辞めざるをえなくなっちゃって。

——それは試合の怪我とかで？

全然関係ない自業自得みたいな怪我だったんです。しばらくはションボリしていて、ざまあって思ってたんですけど。でもすぐに立ち直って……。

――お兄さんはラップを始めたんだよね？

そうなんですよ。急に「俺は挫折を知ったのと同時にストリートのリアルを知った」とか言い出して。FLAVAってクラブがあるんですけど、そこのイベントに行って、すっかり感化されちゃったみたいで。

――町田ってヒップホップが盛んみたいだものね。

そこで知り合ったDJの人に弟子入りしたんですよ。でもパシリみたいなことしかやらせてもらえなくて、すぐ喧嘩になっちゃって。体育会系のくせにこらえ性が全然ないんですよ。それで自分のグループを結成したという。

――042狂ってグループだよね。これ正式にはどう読むの？　042キョウ？

042クルーだそうです。それでわたしが高校に入ったばかりの頃、いきなり「お前がトラックを作れ」って命令されたんです。小さい時から兄からは命令されてばかりだったんですけど、ついに自動車を組み立てなきゃいけなくなったかと、一瞬頭が真っ白になっちゃいましたよ。あ、トラックっていうのはラップのカラオケみたいなヤツのことです。わたし小4までピアノを習っていたし、家にはMacもあったから。最近は師匠につかずにパソコンで作った曲をネットにアップしてスターになるラッパーがいるらしいんです。それを真似しようと思ったみたい。それでラップの曲をいろいろ聞かされて。

——高1の女の子に無茶ぶりするね。

でも、こっちもAグループに入れてもらった恩はあるし、せっかく中町高校に入れたのに友達ができなかったし、兄の言うことさえ聞いていれば、また素敵なお姉さんたちと遊べるかなって考えて引き受けちゃったんですよ。で、logicというソフトの使い方を泣きながら勉強して。

——それでこの曲を作ったんだ（YouTubeを再生する）。この曲のタイトル、何て読むの？

「Str8outtaMachida」、えーと、これはストレイト・アウタ・マチダって読むんです。町田直送みたいな意味。ちょっと野菜っぽいけど（笑）。

——このビデオ、町田インターのところで撮ったの？

そうですね。わたしも来いって言われて、バスを乗り継いで行ったけどホント行かなきゃよかった。あ、大輝さんも映ってますね。

——評判はどうだった？

全然ダメです。ライブも最初の頃は真由ちゃんとか来てくれたけど、すぐ来なくなったし。裕子さんだけはずっと来てくれてたんですけど。

——人気が出なかった理由は何なんだろう？

とにかく下手ですよね。それでも伝わるものがあればまだ良かったのかもしれないけど、それすらない。そもそも設定に無理があるし。

——お兄さんのラップを書き起こしたので、読んでみるね。「Str8outtaMachida／トキオの南のゲットー／受け継いでいるレジェンド・オブ・外道／毛唐譲りのぶっといビート／マイク片手にKick Like Kato／ちょっと前まで走ってたタッチライン／今ははみ出し送るThug Life／刺す刺されるが運命の侍／Sometime無敵の将軍アサシン」

うわ恥ずかしい。なに寝ぼけたこと言ってるんだかって感じですよね。確かに町田には苦労している子がいることは知ってますけど。でもウチらが生まれ育ったのって玉川学園ですよ！　父はサラリーマンで、母は専業主婦で、家は庭付き二階建てだし。いくらそれを隠そうとしても、バレバレなんだと思う。

――あなたにとっての〈リアル〉って何かな?

少なくともわたしにとっては、具体的に何が苦しいっていうより、もっとボンヤリした不安の方がリアルかな。玉川学園を歩いてもすれ違うのはお年寄りばかりじゃないですか。父に言わせると、昔は高級住宅地って言われていたらしいけど、若いサラリーマンってこういう町は好きじゃないから、そのまま高齢化しているみたい。

――今のサラリーマンって戸建てじゃなくて湾岸のタワマンに住みたがる感じだもんね。

そう、だから今は交通の便が悪くて坂が多いだけの町になっちゃった。あと町並みも微妙に悪くなってきてるんです。お年寄りが亡くなると、家が更地になってそこに三階建ての家が無理やり二軒建てられちゃうから。ウチらは「あんな狭い家、絶対住みたくないよねー」って笑うけど、でもウチらが大人になって、あんな家でも住めるかって言われたら、無理ですよね。

――あんな家でもすごく高いものね。

そもそも結婚して、戸建てに住んで、子どもをふたり作るなんてハードル高すぎ。そういう点だけでいうと両親超リスペクトって思いますよ。今も時どきそう考えているけど、あの頃はそんなことばかり考えていましたね。

――で、2013年のクリスマスがやってくると。

母は単身赴任の父に会いに神戸に行っていて。兄は遊びまわっていたから家に帰ってこなかったんです。その頃わたしはすっかり人生に悲観的になっちゃって。わたしは親が死んだら相続税が払えずに家を追い出されて、きっとどこか知らない町の古いアパートで暮らすことになるんだ。そこでヤキソバパンを喉に詰まらせて孤独死するんだけど、死体が発見されるのは3カ月経ってからなんだ。よし、そんな死に方をするなら、大好きなこの家で今死のう、とか思っちゃって。

――えーっ。

家に、兄が怪我した時に病院からもらってきた鎮痛剤がバカみたいな量あるんですよ。それを一気飲みしたんです。それで昼間に布団に入って天井に「さよなら」って言って寝て。でも目が覚めたら単に深夜だった（笑）。

――よく生きてたね。

死ぬには全然量が足りなかったみたい。で、お腹がすいたので真夜中にコンビニまでケーキを買いにいって。そうしたら急に自分の力を使わないと！　って想いがゴーッって湧き上がってきて、曲を作りたくなったんです。

――それで「玉川学園ブルース」を作ったんだ。

実はさっきの「Str8outtaMachida」のコードをいじって作ったんですよ。それで、兄が放置していたＹｏｕＴｕｂｅのアカウントに勝手にアップしたんです。それっきりそのことを忘れていたんですけど。

――ネットで話題になったみたいだね。

兄が2ちゃんの「痛いアマチュア・ラッパー・スレ」のウォッチ対象だったみたいで、そこに私の曲が突然アップされたもんだから「あの曲何なんだ」って騒がれたらしいんですよね。で、「Str8outtaMachida」のビデオで私の顔が特定されて誰なのかバレちゃった。

――天才美少女って騒がれたし、マニアックな音楽サイトとかでも絶賛されたみたいね。

「ナイアガラの滝にダイブするラナ・デル・レイ」とか。

ライターの人が書いていることは全然分かんないんですけどね。わたしが影響されたのはあくまで聖子ちゃんなので。でも分からないまま翌年の夏にフジロックとワールド・ハピネスってフェスに呼ばれて、以来ずっと歌ってます。

――ライブでお客さんがよく泣いているって話があるよね。

でも泣いているのはほとんど35歳以上のオジさんなんですよ。たぶん年取ると涙腺が緩くなってくるんじゃないかな。若い子を泣かせられないのはわたしの能力不足だと思う。

――やっぱり若いファンを増やしたい？

オジさんのファンは面倒臭い人がたまにいるので。えーと、Facebookのコメントを読んでみますね。「こんなのブルースじゃない。チャーリー・パットンから勉強しろ」「お若いのにビーチボーイズがお好きとは。ミレニウムもお聞きになった方がいいですよ」。本当に余計なお世話なんで止めてほしいんですけど。でも歌い始めたことで、Aグループのお姉さんとリユニオンしたり、バンドを一緒にやれるような新しい友達ができたりしたから、これでも人生少しはマシになったのかもしれないですね。すみません、地味な話で。

——最後に「玉川学園ブルース」をお願いします。

えっ、うーんと、それではワンコーラスだけ歌います。

誰も歩いてない真夜中に散歩／ひとり引っ掛けるシューズ
風が気持ちいい／なのにちょっと憂鬱
並ぶ家々の窓／灯りは消えたまま／ガレージには車もなくて
庭の犬小屋はしんと静まりかえる
眠る町をふらつき私はふと思う／ここは自分だけの世界で
私が死んだらこの世は終わるの
ああ大人になればそんな妄想も変わるのかな、甘いメモリー
誰も歩いてない消えゆく町をひとり彷徨いクルーズ／風が気持ちいい
だけど口ずさむのはブルース

ここはじぶんだけのせかい　あたしがし
んだらこのよはおわるのあ　おとなに
なればあ　そんなモウソーもか
わるのかなあ　まいメモリー
だれもあるいてない　きえゆくまちを
ひとりさまよいクルーズ　かぜが
きもちいいだけど　おおくちず
さむのは　ブルース

玉川学園ブルース

だれもあるいてない
まよなかにさんぽ
ひとりひっかけるシューズ
かぜがきもちいい
なのにちょとユーウツ
ならぶいえいえのまど
あかりはきえたまま
ガレージにはくるまもなくて
にわのいぬごやは
しんとしずまりかえる
ねむるまちをふらつき
わたしはふとおもう

6時45分のパープル・ヘイズ　2012年 秋

BLUE

町田の〈小さな町〉で過ごした最後の頃、私たちは孤独だった。それまでずっと友達がいなかったわけではない。ちょっと前まではとても仲良しの子がたくさんいた。でも中2の時にある事件が起きたせいでグループはバラバラになり、私たちはまた新しく友達を作ろうという気をなくしてしまったのだ。

やる気の無さは成績にも表れた。一時は河合塾の模試で都内208位と209位を獲ったこともあるのに、ビックサンダーマウンテンのように急降下。気がついたら高校は学区でも下から二番目の小山田高校に通う羽目になってしまった。そんな現実に向き合いたくないあまり、私たちは授業が終わると飛ぶように家に帰り、ジャージとスウェットに着替えると、リビングを占拠するL字型の長椅子に頭をくっつける形で寝っ転がって、ブラックサンダーやカントリーマアムをお供に、スカパーを観ながら夜までダラダラ過ごしていた。まあ、他に何もやっていなかったわけではないけど。

でも毎日がこんな調子だったので、呑気なパパもさすがに心配した。

「お前ら、もう少し運動でもしたらどうだ。足腰は重要だぞ。おばあちゃんなんか足を悪くしたら完全にボケちゃったのか、『先月は葵と茜が交代で毎日見舞いに来てくれたから大丈夫』とかワケが分からないこと言ってたぞ。全然大丈夫じゃないんだけどなあ」

双子の私たちを育てながら、金沢でひとり暮らししているおばあちゃんの面倒まで見ているパパに申しわけなくて、私はかなり凹んだ。でも茜は私と違ってここ数日なんだか楽しそうである。私たち双子は、互いの気持ちや身体の調子のアップダウンを感じとることができるのだ。

「茜、なんでニヤけてんの?」

「成瀬君っていたじゃん? サッカー推薦で東光学園に入った男子」

いたなんてもんじゃない。中学時代、私たちのグループとよく遊んでいた男子グループのリーダー、王子様だった子だ。

「ふたりきりで会いたい。グチをこぼさせろだって」

と言って茜はケータイのショートメールを見せてくれた。ちょっと意外だった。というのも中学の時、男子とよく話していたのはスポーツや芸能スキャンダルに対応できる私の方で、茜の方はあまり喋らなかったからだ。それに茜はそもそもああいうノリがいいタイプには興味がないはずだ。

「わかるよ、葵が考えていることは。でも私もそろそろ人生立て直したいんだよね。で、お願いなんだけどさ、私って男子とあまり喋ったことないじゃん。だからまた会いたいって言われたら、次は葵が私になって成瀬君と会ってほしいんだ。それで次に私がどうすればいいかアドバイスしてほしい」

小さな頃、私たちは頻繁に入れ替わっては、相手を騙し通すことを楽しんでいた。パパなんか1週間くらい騙され続けていたことがある。でもさすがにここ最近はやっていない。

「私たち、もう高1だよ。さすがにバレるって」

「向こうも会うのは半年ぶりとかだから、大丈夫だよ」

こうして私たちは交代で成瀬君とデートするようになった。といっても普通の高校生にとっては、こんなのデートのうちに入らないかもしれない。夜の部活が終わって成瀬君が〈小さな町〉の駅に帰ってくるのは8時過ぎだ。すると私たちはメールで呼び出され、駅の中にあるロッテリアで9時の閉店までシェーキを飲みながらお喋りをするのだ。

練習帰りの成瀬君は汗とシーブリーズが混じった匂いがちょっと気になったけど、大きな笑顔で話してくれる内容は最高に面白かった。彼と同じくサッカー推薦で入ったライバルたちのそれぞれの武勇伝、練習がどれだけキツく、自分が勉強をどれだけしていないか。そして成瀬君自身がレギュラーになれるかどうかの焦りや葛藤。マンガの中の眩しい部活って感じだ。

尊敬の気持ちも浮かんだし、涙が出るほど笑ったことも何度かあった。でも同時に不安にもなった。

茜は成瀬君が話していることを理解できているんだろうか？　茜からデートの報告を聞いても、茜が一方的に「アメリカズ・ネクスト・トップ・モデル」の話をして終わってしまっていることがほとんどなのも気になった。自分の方が彼を理解しているという優越感と、求められているのは自分ではないのだという劣等感で、私は何だかバラバラになりそうだった。1カ月経った頃、とうとう耐えられなくなって茜に言った。

「次の回で私辞めるから。茜もそろそろ男子と喋るのも慣れたでしょ」

最後のデートの夜、成瀬君は寄り道をしようと誘ってきた。彼が私を連れていったのは商店街の中にある教会の脇から始まる坂道だった。そこは坂だらけの〈小さな町〉の中でも、とびきりの急勾配で危険な場所に感じた。

「俺、朝練のために6時50分の電車に乗らなきゃいけないから、毎朝6時45分にこの坂をチャリで駆け下りるんだよね」

「嘘でしょ、コケたら大怪我しちゃうよ」

「いつも華麗に滑降しているから大丈夫だって。今度、朝に見に来なよ」

そう言いながら成瀬君は顔をぐっと近づけてきた。ふたりの唇と唇が触れ合った。

いったい何やってんだろう！　私は、彼に背をむけて走り出した。茜に申しわけなくて目が潤んできた。家に帰って息をハアハアさせながらリビングに入っていくと、茜が長椅子の上でニヤニヤ笑いながら私を待っていた。

「おかえり。成瀬君から電話があったよ」

「えっ？」

「私、本当は成瀬君とは最初の１回しか会っていないんだ」

「えーっ！」

茜によると、成瀬君がふたりきりで会いたかったのは葵、つまり私の方だったらしい。

彼はそのことをまず茜に相談したのだそうだ。

「男子とよく話はしていても、それは葵のガードがメチャクチャ固い裏返しだってことを成瀬君は分かっていたんだろうね。ああ見えて葵のこと、なかなか分かってるよ」

茜は彼の考えに感心して、一芝居打つ気になったらしい。そして私からの報告を成瀬君に流してアドバイスしていたのだそうだ。

「2回目以降は、私はロッテリアで別マとかひとりで読んでただけだよ。でも葵、もっと早く気づくと思ったよ。そもそも成瀬君だって私たちの見分けくらいつくし、東光のサッカー部にいて夜8時にあんなしょっちゅう帰ってこれるわけないじゃん」

確かにその通りだ。

「キスをがっついたのは反省してるって。思ったよりずっといい奴だね」

茜はじゃがりこをシャコシャコと音を立てて食べながら、そんなことを言った。

こうして、私と成瀬君は正式に付き合うようになった。

RED

「茜には騙されたわけだから、もう何があったか逐一報告しないからね」

葵にはそう言い渡されたけど、私たち双子は互いの気持ちや身体の調子のアップダウンを感じとることができる。だから相変わらず長椅子でスカパーを観ながらでも、私もしばらくはハッピーな気持ちでいることができた。葵が妙に顔を上気させて出かけていった夜に、お腹の下がずきずき痛んだのには閉口したけど。

でもそんな浮ついた気分も、秋が深まるとともに下降線を描いていった。葵が出かけることも少なくなり、ケータイを見つめては時折ため息をつく彼女と一緒に長椅子の上で過ごす夜が増えていった。

「拓海、練習が忙しいんだってさ」

そんなある日、私は学校の廊下で宇佐山君に呼び止められた。同中《おなちゅう》から小山田高校に進んだ中では数少ない知り合いの男子だ。

「ナナ！　ナナ！」

中学時代のアダ名で呼んでくるのがウザい。だからこいつは皆からウザ山と呼ばれるのだ。

「お前とハチ、成瀬を取りあってたんだろ。何だかハチが勝ったっぽいけど」

「違うよ。会っていたのは葵の方だけだよ」

「だって俺、お前と成瀬がロッテリアで話しているのを見たことあるし」

「あのさ、私と葵の見分けってついてる？」

「何言ってんの？　確かに小学校の頃はお前らクローンみたいだったけどさあ。今は榮倉奈々と宮﨑あおいくらい違うって。だからナナとハチって呼ばれるようになったんじゃん」

自分たちのアダ名の経緯をひさしぶりに思い出した。そうか、同系統のルックスでも、そのくらい離れているんだった。

「まあ、俺は榮倉奈々派だけどね」

本当にウザい。でも宇佐山君は一呼吸置くと真顔になって、こう言った。

「注意するようにハチに言っといてくれないかな。知ってるとは思うけど成瀬、東光の部活についていけなくて荒れているらしいから。手当たり次第に中学の頃に知り合いだった女子に声をかけてるらしいんだよな。南波や田中とも会っているらしいし」

中学の時の大切な友だちの名が乱暴に飛び出してきて、私はギクッとした。

その夜、私は震えながら、〈小さな町〉の駅の改札で、成瀬君が帰ってくるのを待った。

夜7時57分。改札に現れた彼は、私を見るなりギョッとしてこう言った。

「葵……待ち伏せしてたのかよ」

「私、茜だよ」

「あ、ごめん。でも双子だから見分けがつきにくいよな」

成瀬君って、私たちの外見の区別がついていないんだ。

「どうして葵に会いたいなんて考えたの？　私、会わせなければよかったよ」

「だってお前の方は下ネタとか話すじゃん。葵はもっと女らしいというかさ……」

コイツ、私たちをキャラごと間違っている。それなのに女らしい子の方に部活の話ばかりしていたってわけ？　バカなんじゃないの？

私は、彼に背を向けて走り出した。葵に申しわけなくて目が潤んできた。家に帰って息をハアハアさせながらリビングに入っていくと、葵が長椅子の上で神妙な様子で待っていた。

「葵、本当にごめん」

「何があったかは大体わかるよ。私たち双子は人を間違わせるのは大好きだけど、間違われるのは大嫌いだからね。でも私、拓海が勘違いしていること分かっていたんだ。分かっていて付き合ってた」

「そんな……」

「茜、拓海をナイフでメッタ刺しにしてやりたいとか思っているでしょ」

「まあね。でも実際、アイツの足の一本くらい折らないと気が済まないよ!」

「私も足を折ってやりたいなって思ってる。でも復讐とかじゃないんだ。サッカーの道を諦めるきっかけが出来れば、アイツもこんなバカな事やめるって思うから。変な話だけど、拓海のことを嫌いにはなれないんだよね」

意見は正反対だったけど、葵は私も納得する提案をしてきた。

「パープル・ヘイズを使おうよ」

PURPLE

おばあちゃんは完全にボケちゃったわけではなかった。私たち双子はある意味、毎日金沢までおばあちゃんに会いにいっていたのだから。

私たちは、中学2年生の終わり頃から霊的な分身、いわゆるドッペルゲンガーを発生させることに取り組んでいた。その参考書「ミューズのための護身術」によると、ひとりではどんなに頑張っても単なる幻影しか作れないらしい。でも双生児が力を合わせると完全な分身を作れるというのだ。それならばと私たちは、複雑な息継ぎや両手のムーヴの組み合わせを気が遠くなるほど長い間練習した。するとある日、ふたりの間に紫色の煙のようなものが浮かび上がってくるようになった。やがてそれは私たちとよく似た形になった。

茜と葵の合成だからパープル・ヘイズ。そう名付けたドッペルゲンガーを、私たちは好きなところに移動させ、人と会話したり物を動かしたりするようになったのだ。

2012年11月30日、6時起きした私たちは入念なストレッチを行ったあと、精神統一してパープル・ヘイズを作った。6時45分に瞬間移動させた場所はもちろんあの教会の坂の上だった。

パープル・ヘイズは、朝の霧の中そっと現れ、今まさにチャリンコで坂を駆け下りようとする成瀬拓海の背中を力いっぱい押した。自転車は十代男子の野太い悲鳴と、何かがボキボキ折れる音と一緒に、長く急な坂道を転がり落ちていった。

3週間後、私たちは、おばあちゃんと一緒に住むために〈小さな町〉から金沢に引っ越した。あの日を最後にパープル・ヘイズは使っていない。

パリ、エノシマ　２０１５年11月13日

宝石かな。

ドン！　と何かが弾けるような大きな音のあと、夜空に無数のキラキラしたものが見えた時、私は思った。でも、キラキラが一斉にこちらに飛んできて、そのひとつが胸に深く突き刺さった瞬間、勘違いだって分かった。これはガラスの破片だ。

２０１５年11月13日。私はパリ11区で同時多発テロに巻き込まれた。

地面に倒れ込んだ私は自分の不運を呪った。パリなんか来なければ良かった。でも飛行機代もホテル代もタダって言われて誰が断れるだろう？　美術館や石畳の街、美味しいワイン。パリには町田にはないエレガンスがあった。ＳＥＰＨＯＲＡでバカ買いもで

きたし。でもあのコスメを開封することはない。私はここで死んじゃうのだから。これも分不相応なものを欲しがった罰なのかも。

もともと上品とかオシャレとか言われているものがやたら好きな子だった。小4で高輪から町田に引っ越してきた時は、ようやく社宅から脱出できたと喜ぶ親たちとはうらはらに、自分がもう都会の子ではないのだという事実を悲しんだ。東京にぶらさがっているような町田の形自体が大嫌いだったし、肌色に赤にオレンジというどうかしている配色の神奈中バスに乗ることも、何かの罰ゲームのように感じたものだ。

そのせいか町田生まれの他の同級生からは浮き気味で、いつのまにか古本を漁るのが趣味のキモい子になった。町田には日本で一番大きいブックオフもあるけど、お気に入りの店はやっぱり高原書店かな。

そんな私を、中1の時に学内で最上位のAグループに招き入れてくれたのがミキだった。

「ウチらのグループは可愛いだけじゃダメなんだよね。面白くないと。だから美咲は合格」

見ているこちらが怖くなるほど可愛く、町田生まれとは思えないほどセンスのいいミキにそう評価してもらえたことが、ただ嬉しかった。可愛い子は概して面白くないことが多いけど、Aグループは別だ。みんな自分の特別な世界を持っている子ばかりだった。だから他のグループの子なんて相手にしなかった。

中2の夏休みが私たちのピークだったかな。とくに江ノ島にみんなで遊びに行った時。ミキが、秋のお楽しみ会では少女時代の「Ｇｅｎｉｅ」を踊りたいと言い出して、ビーチで即席講座が開かれたんだっけ。で、みんなで水着姿で踊り狂っていたら、高校生とかが私たちに群がってきて大騒ぎになったのだ。そのあと調子に乗って遠くまで泳いでいった彩が波にさらわれたりする事件もあったけど、それも含めて最高の思い出だ。あの時、このメンバーなら世界を制覇できるとすら思ったものだ。

あの日、居合わせた人に撮ってもらった「Ｇｅｎｉｅ」のダンス動画は今もケータイに保存されている。通称ディズニーフォンの型番ＤＭ００４ＳＨ。型番まで言えるのは、そのケータイを大学生になった今でも使い続けているからだ。ミキと最後に話した時「それ、大切に持っていて」と頼まれたことが気になって、機種変更できないでいたのだ。

実は私が死ぬのもこのケータイのせいだったりする。パリでみんなとご飯を食べている時に、友だちからいまだにガラケーを使っているとからかわれた。そういうことは何度かやられてはいたけど、ワインで酔っぱらっていたせいか「中学の時の思い出が入っているから大切にしてるんだよ。だってすごい美少女軍団に入ってたんだから」と反論してみんなに「Ｇｅｎｉｅ」の動画を見せてしまった。するとＪ「いかにも町田のＣって感じだよね」ってひどく笑われてしまって、喧嘩になったのだ。

パリに一緒に来ていたのは大橋唯、中根結衣、東山由依の3人だった。彼女たちは名前も全員ユイならば全員が小学校からの京南生で、それぞれの実家が広尾、池田山、鷹番というアッパーな家のお嬢さまだった。高校に入ってユイたちに最初に会った時、そのオーラに思わず後ずさりしてしまったことを覚えている。可愛さだけならAグループの方が上だろう。でも何ていうか、洗練度が桁違いで上品でオシャレだったのだ。

あの子たちに近づきたい。そう思ってそれとなくアピールしていたら、運良く友だちになることができた。他の中学から来た外部生は勉強だけができるタイプだったけど、私は会話の中に古本で仕入れたトリビアをバンバン挟むから面白がられたのかもしれない。顔もまあまあ可愛かったしね。

ユイたちも「町田って神奈川だよね？」ってわざと何度も言うこと以外は優しかった。でも彼女たちの生活スタイルについていくのは大変だった。制服がない京南で、彼女たちのファッションを真似していたら家ごと破産してしまう。仕方なくＭＵＪＩやＨ＆Ｍでベーシックな感じの服ばかり選んで着まわして「ノームコアなの」って言ってなんとか誤魔化していた。

とはいえ、彼女たちの仲間になるメリットは十分すぎるものだった。夏は軽井沢、冬は伊豆の別荘。世慣れた感じの男の子たちとも散々遊んだ。都立高生だったら3年かかってなんとか体験するようなことすべてを私は最初の3カ月でやり尽くした。不思議だったのは彼女たちと一緒だと未成年なのにクラブで踊れてお酒が飲めたことだ。しかも料金はタダ。ユイたちは「あたしたちシルバー・サーファーって京南大のサークルに入会を約束されてるから大丈夫」とだけ説明してくれた。不思議だったけど、それ以上突っ込んだ理由は訊かないようにしていた。私には質問した相手が絶対真実を言ってしまう能力があったので、訊くのが怖かったのだ。

その能力はある意味、ミキからのプレゼントだった。彼女と最後に会ったのは2010年9月11日。その日は土曜休みで、午後に中学の体育館で「Genie」の練習をやることになっていた。私たちは練習で着るお揃いのTシャツを買うために朝から町田のマルキューに出かけた。何を買うか散々揉めると思ったら、すんなり決まってしまったので私はバスに乗る前に高原書店に寄ろうと、提案した。4階建の大きな建物の隅々まで本が詰まっている魔界をみんなに面白がってほしかったのだ。

ミキは本とかあまり読まない子だったけど、なぜかその時は1階の100円コーナーにあったボロボロの本を一目見て買った。そして中学の体育館での「Genie」の練習中に突然、本の目次にAグループのメンバー全員の名前を赤いペンで書きこむと「みんな、この技をそれぞれマスターして。一生のお願いだから」と言ったのだ。

本のタイトルは「ミューズのための護身術」。8章からなる目次の第1章は「尋問」。そこに「美咲」と書いてあったので、私がまずそこに書かれた複雑な呼吸法や手の動きをマスターして、ナナとハチにバトンタッチした。今あの本は7章の担当だった楓が持っているはずだ。

「尋問」の威力は凄まじかった。突然ミキがいなくなったせいで我にかえった私は、町田から一流の世界に脱出するためにその能力を使わせてもらうことにした。授業中も内職で受験科目だけ勉強しまくって、社会や理科はテストの内容を先生から聞き出して乗り切った。それで超難関校の京南に合格したというわけだ。

「尋問」は高校でも使いまくったので、私は勉強していないのになぜか成績のいい子という栄誉をゲットした。その栄誉とユイたちからの紹介の合わせ技で、大学に進学した時にシルバー・サーファーに入会できた。ほかのメンバーは全員、小・中学からの京南生で高校からの外部生は私だけ。男の子たちはよく集まっていたみたいだけど、女の子はたまに呼ばれてホテルのスイートルームで騒いだり、葉山でヨットに乗ったりするだけで、サークル活動はあってないようなものだった。それも全部タダだったけど、理由をユイたちに訊いたら最後、知らなきゃいけないことまで知ってしまうようで怖かった。

でも今夜の私はワインに酔っ払っていたので、「いかにも町田のＪＣ」発言をきっかけにリミッターを解除してしまった。本で覚えた通りの小刻みで変則的な呼吸を行いながら、彼女たちに「尋問」をしてしまったのだ。

「たしかに私は町田のJCだったけど、世間の常識は知ってるつもりだよ。で、常識からすると、こんなパリ旅行がタダっておかしくない？　シルサーって何かヤバいことしてるんじゃないの？」

ユイたちは互いに見合わせて「ついにこの時が来たか」みたいな表情をした。そしてワインのお代わりを注文すると口々に喋り出した。それは私に能力を使ったことを心から後悔させる答えだった。

「ヤバくなんかないよ。シルサーって昭和の頃からあるサークルだもの」

「最初は太陽族とかいうのをやっていた人たちが始めたらしいよ。要するにいろんな遊び方を、ほかの大学のシーズンスポーツ系サークルや広告研究会に広めているの」

「合コンのトリックとかね。例えば一次会の最後の方で、主催者が男女それぞれ二次会で2ショットになりたいって人を紙に書いてくださいって言ったとするよね。それを男女の幹事がそれぞれ取りまとめるじゃない。でも実は幹事同士が繋がっていて、女子が誰を選んだか男子側には筒抜けなの。で、女子の希望に合わせて男子の希望を調整しちゃう。ヤレるんだから男子は相手が誰でも文句なんか言わないよね」

「二次会では予めシルサーが卸しているスピリタスのカプセルを男子たちに持たせるの。それをカクテルにたらせば女子は大抵ベロベロになっちゃう」

「それでお持ち帰り大成功」

「でもこれってレイプじゃないよね。だって女子が自分で選んだ相手なんだから」

「去年、歌舞伎町で生田学院の女の子たちが昏睡状態になった事件あったでしょ。あの薬を卸していたのもシルサーなんだよね」

Aグループと仲が良かった男子のひとりで、今は生田学院に通っている航平君が起訴されたという噂を私は思い出した。

「そういうノウハウを溜め込んでいて、指導料を貰っているってわけ。全国の大学からだから凄い額になるんだ」

「男子たちがパリに来ないのはこのシーズン、サークル運営の研修で忙しいからなんだよね」

「研修っていっても、ご相伴に預かっているだけだけどね〜」

「要するにあたしたち厄介払いされているっていうわけ」

私は怒るのを通り越して不思議な気持ちになった。

「あんたたち、彼氏みんなシルサーじゃん。イヤじゃないわけ?」

すると、ユイたちは逆にこっちを不思議そうに見て言い返してきた。

「あたしたち、親同士も繫がっているし、シルサーの誰かと結婚することになるんだからイヤとかそういうのは無いよ」

「仲間うちの浮気はイヤだけど、〈外部〉は仕方ないしね」

「〈外部〉でも、仲間になりそうな子はリストから外してもらっているもんね。家が都内の子とか。あ、でも隅田川の向こう側の区とか市がつくところは違うけど」

「あれ、吉祥寺があるから武蔵野市は仲間じゃなかったっけ?」

いずれにせよ、町田出身者は〈外部〉なんだ。もし私が、都立高校経由で京南に入学していたなら、今頃泥酔してどこかのラブホに連れ込まれているのかも。そんな自分の姿を思い浮かべたら吐きそうになった。するとユイたちは急に私を励ましだした。

「町田は神奈川だけど、美咲は特別に〈仲間〉だから。高校から一緒だし可愛いしね」

「そうそう、お金がないのをノームコアとか言って誤魔化しているところとか可愛いよ」

「別荘とかヨットを前にした時、初めてじゃないフリをしている時の顔がとくに可愛かった」

最低だ。ユイたちじゃなくて自分が。私自身が東京にぶらさがっている町田だったんだ。

「わかった。そんなレイプ・サークル抜けるから。それと、町田は神奈川って冗談さあ、全然面白くないよ。それ言っていいのは町田市民だけだから！」

そんな捨て台詞を残して、私はレストランから出ていった。その瞬間、テロに巻き込まれたというわけ……あれ、ガラスが胸に刺さっているのに何でこんなに長々と考え事ができるのかな。私はおそるおそる胸に手を這わせて、ガラスをゆっくり引き抜いた。血は出なかった。次に手を懐の中に入れて何が起きたのかを知った。ジャケットの内ポケットに入れた二つ折りのケータイが盾になって心臓を守ってくれたのだ。ガラスが深く刺さった跡を見て、これがスマホだったら貫通していたかも、と思った。

煙が立ち込める中、私はよろよろ立ち上がった。日本に帰ったら大学にシルバー・サーファーのことを告発してやる。言い逃れなんか許さない。だって証拠はここにあるもの。ユイたちの証言は全部ケータイのボイスレコーダー機能で録音していたのだから。ブラインドで操作できるところがガラケーのいいところだ。もしかしてミキは、こうなることを全部予知していたんだろうか？

私は、わんわん泣きながら夜のパリを歩いた。ふとケータイのダンス動画を見たくなって再生ボタンを押してみた。傷のせいで液晶がバカになっているのか、涙のせいなのかは分からなかったけど、江ノ島ごしの夕陽を浴びて踊るAグループの少女たちが、まるで光の群れのように見えた。

スウィーテスト・ガール　↑2017年4月1日

1

2017年4月1日。結婚披露宴の開始直前、ベストウェスタンレンブラントホテル町田からウェディングドレス姿のまま抜け出した真光寺未来《ミキ》は、すぐそばのビルの屋上から飛び降りた。地面に激突して肉体が粉々に砕け散るまでのわずかの間、彼女はそれまでの人生を振り返っていた。

彼女の最初の記憶は2歳頃のものだ。目の前にはこの後すぐに34歳で世を去ることになる父親がいた。室内なのに帽子を被っていたから、すでに抗がん剤治療を始めていたのだろう。本の朗読が苦手な彼は、ポータブル・プレイヤーでアナログ・レコードをかけて未来を寝かしつけようとしていた。ゆったりとしたリズムに甲高い男の声が乗った奇妙な曲が流れてきた。

「不思議な曲だね」

「寒い国で作られた暑い国の音楽だからね」

「ヘンなの。何て曲?」

「『スウィーテスト・ガール』。一番可愛い女の子という意味。未来のテーマソングだよ」

「ありがとう、パパ」

彼女はおそろしく可愛いらしい女の子だった。街を歩けば誰もが振り返ったし、見ず知らずの人に声をかけられることもしばしばだった。

シングルマザーとして娘を育てることになった母は、娘の美しさを恐れた。弁護士として様々な女性の訴訟を引き受けることが多かったからかもしれない。娘には「勘違いしちゃだめよ。ここは町田。原宿だったらあなたはどこにでもいるような子なんだからね」と言い聞かせていた。

だが未来にとってそれは逆効果だった。小3の時ためしにこっそり原宿に出かけてみたが、やはりそこでも彼女は注目の的だったからだ。芸能スカウトから受け取る無数の名刺が、未来の密かなコレクションとなった。

小5の時、彼女は町田のマルキュー前で男に呼び止められた。

「きみ、もう事務所に入ってる?」

その男の名刺にはこう書かれていた。

シルバー・サーフ・エンタテイメント　八雲弘樹。

大学在学中からライターになり、以来いろいろやっているという彼は、現在アイドル・オーディションの審査を手伝っているという。しかし応募者の質があまりに低かったので自分でスカウトしてみようと考え、町田まで足を伸ばしてきたのだと彼女に説明した。

いつも通り、誘い自体は断ったものの、未来は死んだ時の父と近い年齢にもかかわらず若々しい雰囲気の彼に興味を抱いた。そしてケータイのメールを交換して、やがて自分が加わるであろう世界の情報を得るようになった。メールはチャットや直接会っての講習会へと発展した。未来は弘樹のことを「ロキ」と呼んで親しく接した。彼女が与えなければいけないものもあったものの、得るものの方が遥かに大きいように感じられた。

「演技もバラエティのトークも、良し悪しは自分の経験をどれだけ覚えているかで決まるんだ。だからやったことや考えたことは全部メモに書いた方がいい」

彼女は東急ハンズで赤い小さな手帳を買い、そこにすべての行動を赤いボールペンで書き込むようにした。

「歌や楽器は独学でも始めておいたほうがいいよ」

彼女は中1のお楽しみ会で、青山テルマの「そばにいるね」をピアノで弾き語りして賞賛を浴びた。

「親友はいた方がいい。仲間の行動や体験を自分にフィードバックできるから」

自分が尊敬できるような子だけを友達にしよう。そう考えた彼女は、小6から中1にかけて次々と仲間を選んでいった。南波彩、伊東佳奈、田中真由、鶴間美咲、ブリューゲル楓、根岸茜、根岸葵、成瀬七海がそのメンバーになった。すでに人気があった子もいたが、未来が仲間にしたことで美少女として認められた子も多かった。いつからか9人は〈Aグループ〉と呼ばれるようになった。

Aグループは、中2のお楽しみ会で少女時代の「Ｇｅｎｉｅ」を披露することになった。練習初日に、女子バレーボール部の三輪菜穂が突然校庭で倒れて死亡するというショッキングな事件が起きたものの、彼女たちはそんな悲劇を吹き飛ばすパフォーマンスで絶賛を博した。

だがそれがAグループにとってのピークだった。２０１７年の彼女たちは、栄光からほど遠い日々を送っていた。彩は、容姿の変化のせいで鬱に苛まれていた。モデルのキャリアにつまずいた佳奈はアニメに救いを求めようとしたが、新参者としてオタクたちから冷笑されていた。ダンサーとしての才能に限界を感じた真由は、パーティに明け暮れていた。美咲は、大学のサークルで集団レイプに加担した罪で逮捕された。上級生に妊娠させられて高校を中退したブリューゲル楓の生活は困窮していた。茜と葵はひとりの男を取り合って喧嘩して以来疎遠な状態だった。七海は鎮痛剤依存症になっていた。

未来は相変わらず美しかったものの、いつも何かに怯えているような大人になっていた。そのせいか街でも声をかけられなくなっていた。母親を事故で亡くしていた彼女は、ひとり暮らしをしながら短大に通っていた。

そんなある日、彼女は成瀬拓海に再会した。中2の春頃、ふたりは周囲に隠れて交際していたことがあった。その関係が短期間で終わったのと、サッカーに挫折したのが重なったせいで、拓海は一時期荒れていたが、今では真面目に働き、趣味の音楽も楽しんでいるという。

「お前を許すから」

何を許そうというのか未来には見当もつかなかったが、ふたりは再び付き合い始めた。拓海が20歳のうちに結婚したいという夢に取り憑かれていたため、彼女はそれに押されて短大卒業後の4月1日に結婚式を挙げることになってしまった。

Aグループ全員が披露宴に出席してくれることになった。みんなの希望で、余興で「Genie」をもう一度披露することになったものの、未来にはそれが過去の栄光に浸る無様な行動に思えた。あたしたちの未来はきっと、キラキラしたものになるんだろうと思っていた。なのにどうしてこんな状態になってしまったのだろう?

未来は拓海を愛していなかった。彼は決して悪い人間ではなかったが、庭付きの一戸建てでふたりの子どもを育てるといった、ビジョンには一切共感ができなかった。

「彼には夢を共有してくれる女の子が相応しいのに」

自分を偽る罪悪感にとうとう耐えきれなくなった未来は、ビルの屋上から身を投げたのだった。もっとも結婚披露宴は、もとから決めていたこの投身自殺のひとつのタイミングにすぎなかったのだが。

＝

地面に肉と骨が叩きつけられる鈍い音とともに意識が一瞬中断されると、未来は次の瞬間、古書店の中に立っていた。

目の前のワゴンには「ミューズのための護身術」と書かれたボロボロの本が置かれている。9人の少女が無表情のまま悪魔らしき怪物と戦っているイラストの本を、予定通り彼女は手に取った。著者はサマンサ・ダーコ。翻訳は護身術研究会とある。おそらく自費出版か何かだろう。念のために前書きを見るとこう書かれていた。

美しい乙女には災難が降りかかるといいますが、それは事実であります。宇宙の摂理、所謂〈運命〉はすでに祝福されている人間に均衡を図るからです。だからといって乙女たちが不幸になることは断固阻止したい。こうした崇高な願いから、美しい乙女だけが学べる運命からの護身術を古今東西の書物から編纂したのが本書であります。但しこの術はひとりにつきひとつしか習得できないため、早くからの選択および習得を切望するものであります。

さらにページをめくると、8つの護身術が目次に書かれていた。

尋問
分身

言霊
不眠
伝承
人心操作
並行宇宙移動
時間遡行

未来は自分の姿を確認した。ウェディングドレスの代わりに中学校の制服に包まれた小柄な体がそこにあった。彼女は「時間遡行」のページを開いた。

時間遡行は8つの護身術でもっとも困難で過酷なものです。複雑な呼吸を繰り返しながら、高所から飛び降りなければなりません。しかも地面に激突した衝撃で一度は肉体的な死を体験するのです。しかしその衝撃を用いることによって、意識と記憶を過去の肉体の中に遡行することができます。そこから貴女は運命の枠を超えて、新たな並行宇宙で生きていくのです。但し時間遡行は人生のどの時点にも自由に戻れるというわけではなく、貴方が遡行する前の人生において重要な決断をした瞬間にしか戻れません。また運命を根本的に変えられなかった場合は、何回この術を行っても、同じ瞬間にしか戻れないのです。これについては、私自身が４回この術を用いて検証済であります。

未来は、最初にこの本を手にした時のことを思い出していた。〈今〉は２０１０年９月11日の正午過ぎ。この瞬間、彼女は表紙に惹かれてこの本を買ったものの、それっきり忘れてしまう。だが２０１６年12月の大掃除中に発見し、それから時間遡行術を習得してタイムリープを決行する。この本を手にしたのは今回で９回目。つまり未来はこれまでタイムリープを８回行っており、２０１０年から17年の間に広がる８つの並行宇宙には、14歳から20歳までの彼女の死体が８体転がっていた。

「そろそろバスに乗らない？」

声の主は、この頃まだ髪が長かった真由だった。未来は慌てて本を買うと、カバンにしまいこんだ。目の前にはAグループのメンバーが全員揃っていて、将来の可能性で光り輝いていた。

バスがやってくると、未来は最後尾の席に茜と葵に挟まれるようにして座った。すぐ前の席では、佳奈と楓と七海が昨晩の「モテキ」についての感想を語りあっていた。美咲が「神奈中バスの色には生理的に耐えられない。乗るのもイヤ」と言うと、皆が笑った。未来は、自分の任務を再確認した。タイムリープを8回も繰り返したのは、彼女たち全員を救うためだった。

遡行先がいつも高原書店なのは、「ミューズのための護身術」の存在を忘れていたことが運命の分かれ道だった証拠であり、運命を変えるには彼女たち自身が今すぐそれぞれ必要な護身術を学ぶ必要があると未来は考えていた。4回目のタイムリープで彼女は最適の組み合わせを見つけ出していた。

犯罪に巻き込まれる美咲は「尋問」

茜と葵には双子だと強固な効力を発する「分身」

音楽を密かに愛している七海には、歌声で人を泣かせる「言霊」
自分磨きの時間が必要な佳奈は「不眠」
才能に限界を感じた真由には、愛する者に自分の才能を譲渡する「伝承」
自信を失っている彩には「人心操作」
皮肉屋なのに熱中すると周囲が見えなくなる楓には、ほかの可能性を知るだけでなく、自分の周囲にその世界を見せることができる「並行宇宙移動」

しかし全員に習得させることは困難を極めた。彼女たちは気まぐれだったし、未来の提案を気味悪がった。しかも誰かが術を習得して不幸から脱出すると、決まって別の誰かが死んでしまうのだ。たとえば彩の店が繁盛すると真由がラブホテルで怪死し、佳奈がコスプレ界で活躍しはじめると七海が鎮痛剤の多量摂取で死んだ。楓が上級生に刺殺されたこともあったし、パリの同時多発テロに居合わせた美咲の胸にスマホを貫通してガラスの破片が突き刺さったこともあった。
美咲は6回目のタイムリープで運命を変えるのに失敗した時に確信した。親しいサークル内の不幸の総量は決まっていて、「運命」はその中でバランスを取っている。他の8人の不幸を誰かひとりに負わせることはできても、全員を救うことはできないのだ。

バスを降りたAグループは、中学校に到着すると、空き教室でお揃いのTシャツとショートパンツに着替えた。廊下で少女時代のDVDを貸してくれた岩浪裕子が待っていた。彩が一枚余計に買ったTシャツをプレゼントすると、彼女は喜んでいた。体育館に向かうと、練習の開始時間を知らせていた拓海たちもやって来た。

壇上に上がった未来は声を出した。

「みんな、裕子からもらったDVD見て練習したよね？　まず曲無しでステップだけ合わせるからね」

ステップの練習を始めたAグループに「セクシー！」と男子たちが掛け声を浴びせる。ふと未来の目に、バレーボールをする三輪菜穂の姿が留まった。少女時代のDVDの本当の持ち主が彼女であることに未来は気づいていた。体育館の裏でひとり彼女が目を閉じたまま「Ｇｅｎｉｅ」のステップを踏む姿を見たことがあったからだ。その姿がなぜか胸を締めつけたため、菜穂をAグループに加えようかと考えたこともある。だが今ではそれが実現されずに終わることも知っていた。

突然バレーボールが菜穂の頭に当たり、体育館中の皆がどっと笑った。未来はいつもこの光景を見るたびにゾッとした。この直後、菜穂は死ぬのだから。そしてその後、強制的に下校させられた自分に降りかかる出来事も同じくらい身の毛のよだつものだった。

暇つぶしに母親の部屋に忍び込んだ未来は、机の上にシルバー・サーフ・エンタテイメントのロゴが描かれた書類を見つける。母親はこの会社を訴訟できないか検討していた。法人登記やサーバーがカリブ海の島々に分散されていたため訴訟は困難を極めていたが、母親が何としてもこの会社の犯罪を追求しようと苦闘していることが書面から伝わってきた。この会社はチャイルド・ポルノを会員向けにインターネット配信して多額の収益を上げていたのだ。

そして未来は気づく。自分こそがこのサイトの稼ぎ頭であることを。

その後の展開を、彼女はすでに8通り経験していた。未来が黙っていた場合、訴訟は行われず、被害者は増え続けた。母親にすべてを告白して一緒に戦ったこともある。その時は母親はメディアから「娘もまともに育てられない女」と叩かれて、弁護士としてのキャリアは終焉を迎えた。前回のタイムリープでは、未来は赤い手帳の記録を使って自らロキの脅迫を試みた。しかしその直後に母親は何者かに轢き逃げされて死亡した。不幸をサークル内に持ち込んでいたのは自分だったのだと、未来は悟った。

そうよ この地球《ほし》は思い通り
二人なら望み通り 未来さえもお見通し
叶えてあげる

「Ｇｅｎｉｅ」を歌い終わると、未来は今回のタイムリープ前に考えていた計画を実行に移した。彼女は舞台袖に走ると、カバンから「ミューズのための護身術」を取り出し、目次に赤いボールペンで章ごとにAグループのメンバーの名を書き込んだ。さらにふと思いついたアイディアを書き加えると、「みんな、この技をそれぞれマスターして。一生のお願いだから」とメンバーに伝えた。ガラケーをいじっていた美咲には念のため「それ、大切に持っていて」と言い、「みんな愛してる！」と叫ぶと、未来は校舎の階段を駆け上がって屋上から校庭にむかってダイブした。

地面に激突して肉体が粉々に砕け散るまでのわずかの間、彼女は達成感を感じていた。晴れ舞台を前にした14歳の飛び降り自殺という悲劇は、母と親友たちを不幸から必ず救ってくれるはずだ。遺書代わりの赤い手帳は、母にとって訴訟の強力な武器になるだろう。これだけショッキングな頼み方をすれば、親友たちもそれぞれ術をマスターしてくれるはず。ひょっとすると仲間に入れたかった菜穂の命も救えるかもしれない。

未来自身も救われるはずだ。運命の枠を超えた彼女は、高原書店ではなく、もっと前に重要な決断をした瞬間にタイムリープするはずだからだ。未来はそれを、小5の時マルキュー前でロキに声をかけられた瞬間と予想していた。そこでロキを無視すれば彼女は救われ、新たな並行宇宙で幸せに生きていける。

地面に肉と骨が叩きつけられる鈍い音とともに意識が一瞬中断されると、未来は次の瞬間、見慣れた部屋の中にいた。目の前にはロキではなく、父親の姿があった。生まれて最初のこの記憶こそが、自分の運命を決定づけていたことに未来は気づいた。

同時に、彼女はそれまでの自分の記憶が急速に消えていくのを感じた。2歳の子どもの脳の容量は大人の半分だと聞いたことがある。きっと時間遡行の方法も忘れてしまうだろう。14歳から20歳まで8回過ごした時間を足すと70年近くになるのだから、もう十分だと未来は観念したが、記憶をすべてなくす前に運命を変える必要がある。

父はポータブル・プレイヤーでアナログ・レコードをかけて未来を寝かしつけようとしていた。ゆったりとしたリズムに甲高い男の声が乗った奇妙な曲が流れてくる。不思議な曲だと感じた彼女は父に曲名を尋ねた。

「『スウィーテスト・ガール』。一番可愛い女の子という意味。未来のテーマソングだよ」

父は言う。未来は答えた。

「ありがとう、パパ。でも話半分に聞いておくよ」

父親にとってそれは、2歳児が偶然口にした面白い言葉でしかなかったが、彼女にとっては呪いを解く魔法の言葉だった。ついに運命を変えることに成功した未来は、満足そうな微笑みを浮かべると、次の瞬間すべてを忘れて深い眠りに落ちた。

お楽しみ会　２０１７年４月１日

２０１７年４月１日に成瀬拓海と岩浪裕子の結婚披露宴が開催されるという話を聞いた時、誰もがエイプリルフールのジョークと疑った。あの「Ｆ４」のナンバーワン男子が、中学時代には接点ゼロだったはずの地味女子と結婚するなんて！　さらに披露宴の案内状にはこう書き添えられていた。

午後５時よりお楽しみ会

大谷中を２０１２年に卒業した人間にとっての〈お楽しみ会〉と言えば、真光寺未来の飛び降り自殺によって中止になった２０１０年のお楽しみ会のことだ。噂が噂を呼んで同級生が集結し、結婚式当日、ベストウェスタンレンブラントホテル町田の宴会場「アンバー」は単なる同窓会の場と化した。すべては会を主催したAグループの思惑通りだった。

話は１年前に遡る。パリの同時多発テロ事件で命拾いした体験をきっかけに、急に町田への愛郷心を燃やすようになった鶴間美咲は、ふと立ち寄った仲見世商店街のバー「ｏｎｄａ」で南波彩と再会した。美咲は、田中真由と伊東佳奈にも連絡を取り、４人は「ｏｎｄａ」で定期的に会うようになった。これで２０１１年のお楽しみ会で「ＭＲ.ＴＡＸＩ」を歌った時のメンバーが再結成したことになる。

夏の終わりには、佳奈がミュージシャンとして活躍中の成瀬七海を連れてきた。ふたりは２０１４年のフジロックフェスティバルの会場で、客とアーティストとして再会して以来、たまに一緒に遊んでいたらしい。そこで七海が兄と裕子の結婚話を打ち明けたのだった。

拓海は過去にAグループのメンバーの複数と付き合っていたことがあるため、披露宴に誰も呼ばないつもりだった。だがAグループが黙って引き下がるわけがない。拓海と裕子は真由に呼びつけられ、美咲に尋問され、彩に限りなく命令に近い説得をされた。結果、披露宴のあとにふたりの経費持ちで、Aグループ主催のパーティが開かれることになったのだ。しかも拓海が希望したラップ披露は却下された。新郎新婦にはご愁傷様というほかない。

お楽しみ会は真由の仕切りのもと、フード類を彩、音響を七海、出演者のコスチュームを佳奈が担当し、美咲が台本を書くことになった。俺が計画に巻き込まれたのは年が明けてからだ。真由に大量の雑用を押し付けられた元カノの佐々木萌が、助けを求めてこっちに連絡してきたのだ。

「マジ、ヤバい。間に合わないから手伝って！」

「お前、何歳までパシリやってんだよ！　Aグループに死ねって言われたら死ぬのか？」

とはいえ、別れたとはいえ萌とは今も友だちではあったし、何だか面白そうだったので俺は親友の滝ちゃんと参加することにしたのだった。

雑用係には寺山翔太と花丸大輝も駆り出されていた。中高で一緒だったわりにほとんど付き合いがなかったふたりだったけど、話してみるとなかなかイイ奴らだった。そして中学時代の俺が聞いたら絶句するはずだが、奴らに合わせて俺もAグループの女子たちをファーストネームで呼び捨てして、彼女たちも俺を「ナベ」と呼ぶようにまでなったのだ。萌からは散々からかわれたけど。

正式な披露宴が終わると、俺たちは大量の食べ物やワイン、スピーカーを急いで会場に運び込んだ。午後5時ぴったりにお楽しみ会はスタートした。

「新郎新婦の入場です」とアナウンスされると、スポットに照らされた成瀬と裕子が会場に入ってきた。成瀬は相変わらずイケメンだったし、裕子も中学時代とは別人のようにきれいだったので、会場は歓声に包まれた。ところがスポットが司会席を照らした瞬間、それとは桁違いの声があがった。そこには金沢に引っ越して久しかった根岸茜と葵が、それぞれナース服とインドの民族衣装を着て立っていたのだ。よりによって成瀬といろいろあったらしい姉妹が司会！　しかもこのド派手な衣装！

「お前らさ、新郎新婦に喧嘩売ってない？」

そうAグループを問い詰めても真由は「えーなんのこと？」佳奈は「ナナは看護学校生だし、ハチはヨガ講師を目指しているから、あれは正装だよー」としらばっくれるだけだった。でもそんなことを言う佳奈自身が紫のウィッグを被ってるのでまったく信用できない。あとで知ったのだが、彼女は「だがしかし」というアニメのコスプレをしていたらしい。

町田ゼルビアのユニフォームこそが町田市民の正装なのだと言って聞かない美咲を除いたAグループ全員のドレスを、佳奈は1週間かそこらで完璧に仕上げていた。デザインスクールに通っているとはいえ手際が良すぎる。いつ寝ているのか本当に謎だ。真由の真っ赤なミニドレスは会場でめちゃくちゃ目立っていたし、ブリューゲル楓の濃紺のロングドレスもブランド物みたいに見えた。そう、3年間消息不明だった楓がひょっこり姿を現したのだ。

滝ちゃんは、彼女の捜索に際して大活躍した。小学校の時クラスが一緒だった真由だけが楓を「リナ子」と呼んでいたことから、滝ちゃんはドイツ国籍の彼女にとって楓は単なるセカンドネームだと推理して、「リーナ・カエデ・ブリューゲル」という本名を突き止めた。本名でサーチしたところ、リーナ・カエデ・ブリューゲル名義のＩｎｓｔａｇｒａｍが発見された。驚くことに最新の写真は成田空港で撮られていた。彼女は「来日」したばかりだった。

高2の冬、上級生に刺された彼女は、両親にドイツのアルプス近くの全寮制女子高に送られてしまったらしい。そこは外部への連絡が厳重に管理されていたので、楓は日本に帰れるまで皆に連絡するのは止めようと願掛けした。その甲斐があったのか願いは成就した。彼女が渋々進学したドイツの大学は、外国語の成績優秀者に海外留学の奨学金を気前よく出してくれるところだったからだ。日本語テストで当然ながら満点を取った楓は、桜美林大学に留学するため再び町田の地を踏んだのだった。

「ハジメマシテ、リーナ・ブリューゲルデス。マチダワトテモトカイデスネ」

楓はわざと下手な日本語を喋って、周囲から笑いを取っていた。

でもそんな楓以上に会場を沸かせている女子がいた。三輪菜穂だ。

２０１０年9月11日。菜穂は校庭をランニングしている最中に倒れて昏睡状態に陥った。原因は噂されていた頭部へのバレーボール直撃ではなく、ホルモン系脳炎の一種らしい。普通なら大騒ぎになるところだけど、ほぼ同時に未来が校舎から飛び降り自殺したため、話題はそちらに集中した。しかも菜穂はそのまま静岡の病院に転院し、音沙汰も無くなったので、死んでしまったと勘違いした同級生も多かった。

２０１４年９月に突如、菜穂は意識を回復した。しばらくの間、彼女はパニック状態に陥っていたらしい。そりゃそうだ、自分が眠っている間に東北で大震災が起き、ＡＫＢ48のエースが指原とかいう知らない奴になり、14歳だった自分が18歳になっていたのだから。

だが見舞いに飛んできた萌から聞かされた「同じ日に真光寺未来が原因不明の自殺をして、Ａグループはバラバラになった」というニュースが、菜穂に正気を取り戻させた。それ以来、真相を突き止めたいという想いが、彼女の生きるモチベーションになった。それにしても１年後には高卒認定試験を突破して、去年の秋には日大の芸術学科にＡＯ入試で合格してしまったのだから凄い。まあ、「４年間昏睡状態だった間に、自分が崇拝していた美少女たちに何が起こったかをドキュメンタリー映画として製作したいんです！」と熱っぽく語る女子が面接にやって来たら、落とすことなんて出来ないかもしれないけど。

実は萌からはパーティの準備と並行して、菜穂の取材の手伝いも頼まれていた。俺は菜穂のAグループへのインタビューに同行するようになった。開口一番「死んだっていろんな人に言いふらしてた。本当にごめん！」と菜穂に平謝りしていた真由からはダンス&パフォーマンス部の創部秘話を、七海からは自作曲をはじめてインターネットにアップした時の思い出を、美咲からは京南大学の悪名高きサークル、シルバー・サーファーを解散に追い込んだ時の武勇伝を聞いた。もっともシルバー・サーファーは最大の資金源だったチャイルド・ポルノ・サイトを数年前に失って以来すでに崩壊寸前だったらしく、美咲はトドメを刺しただけだったらしい。偶然にもそのサイトを潰す訴訟を担当した弁護士は未来の母親だった。来週、彼女にも取材できることになったので、それでいろいろわかることもあるだろう。

こうした取材に、萌はなにかと理由をつけて来ないことが多かった。どうやらあいつは、俺と菜穂をくっつけたいらしい。でも長い時間菜穂と一緒にいても、そういう雰囲気にはなりようがなかった。菜穂は成長期にずっと眠っていたせいで中2の頃から身長が伸びていなかったのだ。顔も中学生のまんま。ふたりで並んで歩くとそれだけで犯罪の匂いがしてしまう。

菜穂は服のセンスも昔のままだった。今日もキラキラしたドレス姿の女子たちの中、彼女だけが白い丸襟のブラウスにチェック柄のグレーのスカートという格好のため、友達のお誕生会に来たJCがひとり紛れ込んでいるようにしか見えなかった。しかしリアル中学生だった頃にはあった、スクールカースト下層民特有の卑屈な表情が消えたことで、顔のパーツのバランスの良さが前面に出てきていた。要するに、彼女は素材的にはなかなかの美少女だったのだ。その証拠に会場の女子たちは口々に賞賛を送り、昔はあれだけチビブスとか言っていた宇佐山すら、「お前かわいいなあ！」と感心していたほどだ。

「ゾンビガール」とか「レヴェナント」という即席のニックネームが飛び交う中、菜穂はドキュメンタリー映画の素材集めのために同級生たちへのインタビューに励んでいた。彼女から、滝ちゃんはステージの様子を、俺は運営側の席に陣取るAグループの連中の反応を動画撮影するよう頼まれていたので、俺は世間話から始めてみた。

「同級生の結婚披露宴って俺、はじめてなんだけど、みんなどう？」

苦い笑顔を浮かべながら花丸が答えてくれた。

「実は俺、映見と婚約させられたんだ。あいつの父さん警察官だからめちゃくちゃ怖いんだよね。2年後の式には来てくれよな」

「事実婚状態の子なら知ってるけどねー」

ぽそっと言った美咲の視線の先の遠くには、ビュッフェに押し寄せる客を列にきっちり並ばせるギャルソン姿の南波彩と、その横で黙々と作業する「ｏｎｄａ」の店長の姿があった。

「えーっ、そうなの？　あの店長も見かけによらずやるねー」

「違う、違う。彩の方から行ったんだよ。ナベは、クールビューティになってからの彩しか知らないだろうけど、ちょっと前まで見た目が結構ヤバかったんだから。今スリムなのは、恩田さんにコクる前に必死にダイエットしたからなの」

「なんでそんな秘密を知っているわけ？」

「別にー。彩ちゃんから教えてもらっただけだよ」

そんなことを話していると、茜と葵がユニゾンでアナウンスした。

「ステージにご注目下さい。田中真由が育てたダンス・トリオ、ビート・ウィッチーズです。メンバーの能ヶ谷雪さんは今日の午後、留学先のロサンゼルスから一時帰国したばかりです。曲はデザイナーの『パンダ』。みなさん拍手を！」

ステージが暗転すると、ベースボールキャップをまぶかにかぶった3人の女の子が飛び出してきた。高ヶ坂高校で1年下だったダンス&パフォーマンス部の子たちだ。学園祭で彼女たちのダンスを観た記憶はあるけど、2年間で別人みたいに凄くなっていた。とくに雪は動きがキレッキキレで、素人の俺にもこれがアメリカ・レベルなんだろうなと思わせた。

「あの子たち超ヤバいでしょ。あたし、ダンサーとしてはイマイチだったけど、師匠としては超有能だと思うんだよね」

誇らしげにそう語る真由は、町田商店街にダンス・スタジオをオープンすべく、いろいろ準備中らしい。

大歓声の中、パフォーマンスを終えると、能ヶ谷雪がこちらに向かって走ってきて、隣のテーブルにいた寺山に抱きついた。ふたりが付き合ってるという噂は聞いていたけど、愛情表現までアメリカっぽいのには正直引いた。「あの子、何だかエロいよな」と真由にこそっと言うと、真由は「でもあのふたり、まだ最後まで行ってないらしいよ」と答えて、ひとり嬉しそうに笑っていた。

幕間には富野先生がスピーチをした。女子バレーボール部の顧問だった先生は、未来の自殺と菜穂の意識不明にたまたま居合わせてしまった不幸すぎる男だ。とくに後者の事件に関しては犯人呼ばわりされてしまったため、あの事件の直後に学校を退職して実家の食品会社を手伝っていた。何と「ｏｎｄａ」と取引があるらしい。「今日は三輪に会えて本当に良かった」としんみり言っていたのにはぐっと来た。

再び茜と葵がアナウンスする。

「次は新郎の実妹で、2月にｃｏｍｍｏｎｓからアルバムがリリースされたばかりの成瀬七海さんの歌と演奏です」

佳奈言うところの〈20年代風ショーガール〉の格好をした七海は、ペコリとお辞儀をしたあとピアノに座って歌い出した。いつもは弾き語りだけど、今日はギターとベースとドラムのサポート・メンバーがいる。

「ベースを弾いているのが兄貴で、ドラムはその友達なんだ」

と佳奈は説明してくれたけど、突出して格好良かったのは、ノイジーなギターをかき鳴らすショートカットの女の子だった。

「あの子は長尾憂ちゃん。高2のとき友達になって、次の年フジロックで七海と再会した時も一緒だったんだ。来月こっちに出てきて、七海と一緒にバンドをやるらしいよ」

七海は、オールディーズ風のメロディにダウナーな歌詞が乗った自作曲を3曲歌った。最後の「玉川学園ブルース」では、富野先生と「ｏｎｄａ」の店長が感動のあまり泣いていた。確かに悪くない曲だけど、泣くほどかなあ。

新郎と新婦のスピーチが始まる。ふたりが二十歳同士の結婚というシチュエーションにどれだけ盛り上がっているかが伝わってきた。子どもはふたり。戸建ての庭でバーベキュー。自分には妄想すらできない夢だ。

「こういう奴らって本当にいるんだなあ」

と独り言を言うと、ステージを終えたばかりの七海が口を挟んできた。

「でもあたしみたいな人間ばっかだと、成瀬家が断絶しちゃうから良かったですよー」

みんなが十分食べて飲んでイイ感じになったところで、Aグループの連中がステージに向かっていった。楓がすれちがいざまに滝ちゃんに何か話しかけているのが見えた。あとで聞いたら「今度またプリンスでお茶しようよ」と言われたらしい。滝ちゃんは舞い上がっていたけど、今はもう存在しない喫茶店でどうやってデートするんだろうか。

壇上に上がったAグループの面々が喋りはじめた。

「みんな今日はたくさん飲み食いしてくれたけど、店の方にも来てよねー」と言って笑いを取ったのは彩だった。

「でも7年前に、お楽しみ会がここまで延期されるなんて思わなかったよねー」と佳奈が続ける。

「みんな大変だったと思うけど、あたしたちもこの7年いろいろあったよね」

「でも20歳までなんとか生き延びれた」

と神妙に語ったのは茜と葵だった。

美咲がそれを引き継ぐように言った。

「ヘンな話だけど、わたしたちが今まで生きてこれたのは未来が身代わりになってくれたからなんじゃないかって思ってる」

「でもさー、この世には可能性の数だけ並行宇宙があるっていうから、そのどこかで未来はきっと生きていると思うんだよね。相変わらずスーパー可愛いけど、そういうオーラを完全に消し去って医学部とかに通っている未来がいてもおかしくないと思う」

楓が、まるで自分が実際に見てきたかのような例え話をした。

俺たちは話に耳を傾けながら、密かに待ち望んできたことがついに実現する高揚感を感じていた。Aグループが「Ｇｅｎｉｅ」を披露するのだ。ふと気づくと横には菜穂が立っていた。彼女が、それを一番待っていた人間のはずだ。

七海が宣言した。「そういうわけで、『Ｇｅｎｉｅ』を歌います」

俺は、冗談めかして菜穂に話しかけた。

「菜穂、お前やっと中学を卒業できるな」

すると彼女は黙って俺の肩にちょこんと小さな頭を乗せてきた。きっと泣いているのだろう。俺はそのまま彼女の頭を支えていてあげた。

するとと突然、真由がこちらにむかって叫んだ。

「菜穂、ナベとイチャイチャしてないで！　アンタも踊るんだからね」

美咲が、手に持ったボロボロの古本を指差しながら言う。

「あの日、未来がこの本にメモを残していたの。『三輪菜穂が元気になったら仲間にいれてあげて』って」

会場中が沸いた。このシチュエーションなら菜穂も断れない。策士揃いのAグループらしい作戦だ。菜穂は潤んだ目で俺の顔を見つめると、覚悟を決めたのか無言で「行ってきます」という表情をして、ステージにたたたと走っていった。

小柄な菜穂がほかの8人と並ぶ姿を見ながら、「そういえばギリシヤ神話のミューズって9人組だっけ」などと思いを巡らしていると、今日はハーレクインのコスプレ姿で受付に連絡係、そしてフードの給仕と大活躍していた萌が、さっきまで菜穂が手にしていたデジカメを構えて目の前に立っていた。彼女が言った。

「ぼっとしてないでよ。こんな最高のシーンは3台のカメラを駆使して撮りまくらなきゃダメでしょ！」

慌てて俺も自分のデジカメを手にすると、萌を追いかけてステージ前へと近づいていった。真正面ではすでに滝ちゃんがスタンバっている。

照明が消えると、大音量で「Ｇｅｎｉｅ」のイントロが流れ出した。会場中が歓喜に包まれる。もう一度照明がつくと、それは最高潮に達した。

光に包まれたミューズたちが、ステップを踏み出した。

初出

「あたしの少女時代」
http://machizo3000.blogspot.jp/　2010年9月

「プリンス&ノイズ」
『ウィッチンケア』第5号　2014年

「サードウェイブ」
『ウィッチンケア』第6号　2015年

「New You」
『ウィッチンケア』第7号　2016年

「彼女たちのプロブレム」
「Str8outtaMachida あるいは玉川学園ブルース」
「6時45分のパープル・ヘイズ」
「パリ、エノシマ」
「スウィーテスト・ガール」
「お楽しみ会」
書き下ろし

ウィッチンケアとは

2010年創刊の文芸創作誌。年1回（4月1日）、主宰者の多田洋一が個人誌として発行している。掲載作は小説／評論／エッセイ／詩歌と多彩。書き手主体の発想による自由な創作媒体。
http://witchenkare.blogspot.com/
「ウィッチンケア文庫」は同誌の掲載作品をベースに、タバブックスのシリーズとして誕生しました。

長谷川町蔵

はせがわ・まちぞう

1968年生まれ。東京都町田市出身。映画、音楽、文学からゴシップまで、クロスオーバーなジャンルで執筆するライター&コラムニスト。著書に『21世紀アメリカの喜劇人』『聴くシネマ×観るロック』、共著に『ヤング・アダルトU.S.A.』『ハイスクールU.S.A.』（山崎まどか氏との共著）、『文化系のためのヒップホップ入門』（大和田俊之氏との共著）がある。本書は自身にとって初の小説集。

ウィッチンケア文庫　01

あたしたちの未来はきっと

2017年1月27日　初版発行

著者　長谷川町蔵
編集　多田洋一（ウィッチンケア）
発行人　宮川真紀
発行　合同会社タバブックス
東京都渋谷区渋谷1-17-1　〒150-0002
tel：03-6796-2796　fax：03-6736-0689
mail：info@tababooks.com
URL：http://tababooks.com/
印刷製本　シナノ書籍印刷株式会社
校正　大西寿男（ぼっと舎）

ISBN978-4-907053-16-1　C0095

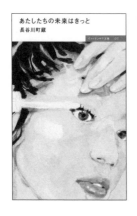

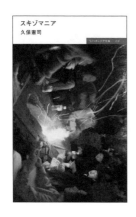